Bibliografische Information der Deutschen Nationalbibliothek.
Die Deutsche Nationalbibliothek verzeichnet diese Publikation
in der Deutschen Nationalbibliografie; detaillierte bibliografische
Daten sind im Internet über http://dnb.d-nb.de abrufbar.

Impressum

2017

© Autor: Syna Ester
© Cover : Syna Ester
© Bilder: Syna Ester

Herstellung und Verlag:
BoD - Books on Demand, Norderstedt

ISBN: 9-783744-80904-7

Pepino Calabrese

der
unbekannte
Mafioso

von

Syna Ester

Syna Ester

Anteo Succ

Als freier Journalist bei dem Gazzetta di Monte, einem kleinen Provinzblatt seines Heimatortes Cropani, lernte Anteo Succ die Enkeltochter des unbekannten Mafioso, **P**epino **C**alabrese, kennen. Sie vertraute ihm vor Jahren das düstere Geheimnis ihrer Familie an.

Lange Zeit war es ungewiss, ob es dieses Buch jemals geben würde. Denn bisher kannten nur sie beide, das düstere Geheimnis ihres Großvaters.

Erst als der Tod bereits an seine Tür geklopft hatte, vertraute er sich seiner Enkeltochter an. Er bereute das Geschehene zutiefst und würde das begangene Unrecht, bis an sein Lebensende, niemals wieder gut machen können.

Das Leben des **P**epino **C**alabrese.

Ein Mann, der nach den Worten Gottes leben wollte und sich am Ende über alle Gebote hinwegsetzte. Die bittere Armut trieb ihn einst dazu, Dinge zu tun, die er eigentlich immer auf das tiefste verabscheut hatte.

Pepino Calabrese

Pepino

hatte die Erinnerung an die Vergangenheit müde gemacht. Er wollte jetzt nur noch seine Ruhe haben und versuchen ein wenig Schlaf zu finden. Zu sehr hatte ihn die Erinnerung an alles aufgewühlt, als er noch einmal sein ganzes Leben, wie einen Film, vor seinen Augen vorbei ziehen ließ. Eigentlich wollte Pepino seiner Enkelin nichts darüber erzählen, denn niemand sollte seine Geschichte erfahren.

Doch jetzt, im Angesicht des Todes, hatte er sich von ihr überreden lassen und so erzählte er Nina alles aus seiner düsteren Vergangenheit. Sichtlich bewegt, lauschte Nina seinen Worten und das Gehörte jagte ihr einen Schauer nach dem anderen über den Rücken. Nicht im Traum hätte sie jemals daran gedacht, dass der von ihr so heiß geliebte Großvater ein derart düsteres Geheimnis mit sich herumtrug. Sie kannte ihn nur als immer fürsorglichen und liebevollen Mann, dem die Familie über alles ging.

Das tat es auch und tut es noch heute, denn trotzt seiner, mittlerweile bereits 87 Lebensjahre, ist Pepino Calabrese bis heute das Oberhaupt der Familie.

Ja, gerade die Verantwortung für die Familie hatte ihn einst dazu gebracht Dinge zu tun, die er eigentlich von Grund auf ablehnte. Wie sollte jemand das verstehen was vor langer Zeit in ihm vorging und weshalb er Taten beging, die ihm aus ganzen Herzen zuwider waren. Er war ein frommer Mann und hielt sich bis zu jenem Tag, an dem das Verhängnis seinen Lauf nahm, stets an die Gebote Gottes.

Pepino blickte hinüber zu seiner Enkelin und bemerkte, dass sie Tränen in ihren Augen hatte. Leise sagte er zu ihr:

»Weine nicht Nina, es ist lange her und ich hoffe, dass diese Zeiten niemals wieder kommen werden. Ich werde euch bald verlassen und kann euch nur noch von ganz weit oben begleiten, aber helfen kann ich euch dann nicht mehr. Nicht einmal, solange ich noch auf dieser Erde bin, denn ich bin ein alter müder Mann und meine Kräfte sind dahin gegangen«.

Er strich ihr liebevoll über den Kopf und Nina spürte die ganze Wärme seiner Hände.

Wie oft hatte der Großvater sie im Arm gehalten und ihr von den vielen Dingen des Lebens erzählt? Wie oft hatte er sie getröstet wenn sie hingefallen war, oder sich verletzt hatte? Nina wusste nur eines, sie liebte ihren Großvater über alles und sie war sich sicher, das sie das eben gehörte niemals an die Öffentlichkeit bringen würde.

Nina war seit einiger Zeit freie Mitarbeiterin bei einer angesehenen Zeitung und lieferte dort hin und wieder einige interessante Geschichten über das Geschehen im Ort ab. Aber noch niemals hatte sie so eine Geschichte gehört wie die ihres Großvaters. Jeder wusste um die Dinge über die niemand sprach. Nun aber zu wissen, dass in der eigenen Familie so etwas stattgefunden hatte, das übertraf ihre Vorstellungskraft.

Hatte die Großmutter vielleicht davon gewusst?

Nina glaubte nicht daran; aber wie konnte das Ganze geheim bleiben? Sicher, die Menschen hier sprachen nicht viel und es war und ist eine Frage der Ehre den Mund zu halten.

So wie schon damals, gilt auch heute noch das ungebrochene Gesetz des Schweigens.

Nina blickte hinüber zum Großvater und sah, dass ihm bereits vor lauter Erschöpfung die Augen zugefallen waren. Der Anblick rührte sie und in ihrem Herzen spürte sie die tiefe Liebe, die sie beide miteinander verbindet. Noch heute konnte man ihm ansehen, dass er damals in jungen Jahren einmal ein schöner Mann gewesen sein musste. Seine schwarzen Haare waren im Laufe der Jahre weiß geworden und auf seinem Antlitz hatten sich tiefe Falten gebildet. Man konnte dem Großvater ein langes mühevolles Leben ansehen. Aber dennoch war stets eine

Lebendigkeit in seinem Gesicht, denn seine dunklen Augen waren noch heute voller Feuer und es schien, als ob diese Augen niemals müde wurden. Eine kleine weiße Locke hatte sich auf seine   Stirn verirrt. Nina versuchte so leise wie möglich zu sein, um den Großvater nicht zu stören, als sie sich vom Stuhl erhob. Sie wollte das Gehörte zu Papier bringen und wenn sie es nur für sich selber auf schrieb.

Wieder kam ihr die Großmutter in den Sinn. Sie musste etwas gewusst haben, denn ihren Augen und Ohren blieb nichts verborgen und sie kannte jedes Mitglied der Familie ganz genau.

Mit den Augen der Liebe konnte sie allen in die tiefsten Winkel ihrer Seelen schauen und warum sollte es bei ihrem eigenen Mann anders gewesen sein?

Die ganze Wahrheit würde Nina wohl niemals erfahren, aber es würde den manchmal traurigen Blick in den Augen der Großmutter erklären, wenn sich diese unbeobachtet fühlte. Dann wich jegliches lächeln aus ihrem Gesicht und sie wirkte sehr müde, zart und zerbrechlich. Nina setzte sich an ihren Schreibtisch und versuchte sich an jedes einzelne Wort des Großvaters zu erinnern. Lange Zeit saß sie so regungslos da und versuchte ihre Gedanken zu ordnen.

Wie war ein Leben ohne Hoffnung auf Arbeit und Geld überhaupt möglich? Sie konnte es sich nicht vorstellen, denn als sie aufwuchs hatte die Familie immer genug zu essen und Schulgeld für alle Kinder war auch vorhanden. Wie konnte der Großvater die ganzen Jahre über sein Geheimnis bewahren? Er musste bis zum heutigen Tag unendlich unter seinen Taten gelitten haben und noch viel mehr unter der ständigen Angst, dass irgendjemand hinter seine Vergangenheit kam. Denn das hätte den Tod für ihn und seine ganze Familie bedeutet. Langsam hatte sich Nina etwas beruhigt und sie holte sich eine Tasse Kaffee und eine Zigarette aus der Küche. Der heiße Kaffee tat ihr gut und sie nahm einen gierigen Zug von ihrer Zigarette. Ganz langsam erwachten ihre Lebensgeister wieder und ihr Entschluss stand fest. Sie wollte jetzt sofort die ganze Wahrheit über ihren Großvater aufschreiben. Nina setzte sich an ihre alte Schreibmaschine und begann, dass soeben gehörte zu Papier zu bringen. Leicht fiel es ihr nicht, doch sie wollte die Gunst der Stunde nutzen, solange die Worte des Großvaters noch in ihren Ohren klangen. Später hätte sie vielleicht das eine oder andere wieder vergessen, oder sie würde sich an einige Worte nicht mehr genau erinnern. Sie warf einen Blick hinüber zu ihrem Großvater, aber dieser schlief immer noch tief und fest.

Sie schrieb Stunde um Stunde und gönnte sich keine Pause. Je länger sie schrieb, desto leichter ging es ihr von der Hand und ihr war, als würde sie die Geschichte eines Fremden aufschreiben und nicht die ihres Großvaters.

Erinnerungen

Müde und erschöpft, wie jeden Abend, kam Pepino von der Arbeit. Aber heute war kein Tag wie jeder andere.

Heute schmerzten ihm nicht nur die Glieder von der Arbeit; heute saß sein Schmerz tief in seinem Herzen und er wusste nicht, wie es weiter gehen sollte.

Er verdiente wenig Geld bei der Olivenernte und doch hatte er Glück. Die meisten Anwohner des kleinen Ortes hatten weder Arbeit, noch sonst eine Möglichkeit Geld zu verdienen um sich die nötigsten Dinge zum Leben zu kaufen. Es war nicht nur die anstrengende Arbeit die Pepino so müde machte, es war vor allem die große Verantwortung die auf seinen Schultern lastete. Er war der einzige in seiner Familie, dem es gelungen war, bei dem Baron eine Arbeit zu bekommen. Fast alle männlichen Dorfbewohner hatten schon um Arbeit bei ihm angefragt. Aber der Baron war ein bösartiger Mensch, er ließ die Leute kommen, um sie dann wieder nach Hause zu schicken. Lieber holte er sich Arbeiter aus den Nachbarorten, nur um die Anwohner dieses Dorfes spüren zu lassen, welche Macht er besaß. Es gab niemanden, der ihm nicht die Pest oder sonst etwas Schlimmes an den Hals wünschte und dennoch mussten alle ruhig bleiben und durften ihren Unmut nicht zeigen, denn es gab ja noch eine kleine Hoffnung beim nächsten Mal bei ihm arbeiten zu dürfen.

Es waren schlimme Zeiten und die Not der Dorfbewohner schien kein Ende zu nehmen. Früher hatten sie alle mehr Land besessen um sich selber das Nötigste zum Leben zu erwirtschaften, in dem sie Tomaten, Kartoffeln und sonstiges pflanzten. Heute war das nicht mehr möglich, denn seit der Baron vor vielen Jahren mit den Carabinieri in das Dorf kam um den Bewohnern ihr Land weg zu nehmen, konnten sie nur noch ein winziges Stücken Erde bearbeiten und doch reichte die Ernte meistens nicht um die Familie zu versorgen.

Wer etwas mehr Glück hatte, der hatte ein Familienmitglied in dem fernen Ausland und bekam hin und wieder etwas Geld geschickt um so die Familie besser versorgen zu können. So war es auch in Pepinos Familie. Sein älterer Bruder hatte eine Arbeit in der Fremde gefunden und unterstützte die Familie so gut er konnte. Sie alle waren froh darüber, aber es reichte einfach nicht um alle satt zu machen und so war er zufrieden, dass er bei dem Baron die Oliven pflücken durfte. Eine sehr harte und mühevolle Arbeit, denn die Olivenbäume hatten spitze Dornen, die schon bei der leisesten Berührung tiefe Risse an den Händen hinterließen. Ganz zu schweigen von dem ewigen bücken um die heruntergefallenen Oliven auf zu sammeln. Aber er wollte sich nicht beklagen, denn sein karger Lohn trug dazu bei, dass wenigstens seine jüngeren Geschwister am Abend einen Teller Nudeln und etwas Obst auf ihren Tellern hatten.

Die Eltern und Großeltern waren schon froh, wenn sie nur einen Teller Nudeln hatten und viele Male mussten sie sich zu zweit eine Portion teilen. Auch für Pepino sah es nicht anders aus, denn ob wohl er gerade einmal sechzehn Jahre alt war, zählte er schon zu den Großen. Er war schon lange kein Kind mehr, denn nach Beendigung der vierten Schulklasse musste auch er sich sofort nach einer Arbeit umsehen. Die meisten Kinder in seinem Alter hatten noch nicht einmal das Glück eine Schule besuchen zu dürfen denn ihre Eltern konnten das Geld für die Schuluniform nicht aufbringen. Sie blieben dann einfach zu Hause und vertrieben sich mit Spielen die Zeit. Da sie kein Spielzeug besaßen gingen sie meistens zum Strand hinunter, denn am Meer konnten sie manchmal etwas Brauchbares zum spielen in dem angespültem Strandgut finden. Ihre Fantasie war grenzenlos und so machten sie, wenigstens beim spielen, den Eindruck glücklicher Kinder.

Sie vergaßen ihren Hunger während sie fröhlich am Strand herum tollten.

Als alle Familien noch ihr Land besaßen mussten die Kinder natürlich mit hinaus auf die Felder, da war an spielen nicht zu denken. Die Schule besuchte auch keines der Kinder dieser armen Familien, das war nur etwas für Leute mit Geld und davon gab es einige. Diese reichen Familien wollten nichts mit den Dorfbewohnern zu tun haben und hatten ihre schönen Häuser weit ab von den kleinen einfachen Behausungen der Dorfbewohner gebaut.

Alle machten sich so ihre Gedanken, wie es möglich sein konnte, dass es Familien mit so viel Geld und so schönen Häusern hier unten im Ort geben konnte. Sicher, auch diese Familien hatten einen oder mehrere Angehörige im fernen Ausland, aber sie wussten, das man auch dort hart arbeiten musste um sein Geld und somit seinen Lebensunterhalt zu verdienen. Pepino dachte an seinen Bruder der nun schon fast zehn Jahre in der Ferne lebte und reich, das wurde er nicht. Im Gegenteil, im ersten Jahr kam er noch einmal zu Besuch um die ganze Familie zu sehen, aber beim Abschied sagte er, ich werde nicht mehr zurückkommen, denn das Geld für die Fahrkarte schicke ich euch zum Leben. Für beides reicht mein Verdienst nicht. Er wandte sich schnell ab und ging, damit die Familie seine Tränen nicht sehen konnte. Er wollte auch nicht mehr in die Augen seiner Mutter sehen, denn es hätte ihm das Herz gebrochen ihren Kummer in ihren Augen zu erkennen. Doch er erinnerte sich noch heute an den Schmerz in dem Blick seiner Mutter und er nahm sich von dem Tag an ganz fest vor, für die Familie zu sorgen. Sobald er alt genug war würde er für alle die Verantwortung übernehmen.

Er wollte, dass der Bruder wieder nach Hause kommen konnte und das war nur möglich, wenn auch er Geld verdienen würde.

So dachte Pepino mit seinen damals erst sechs Jahren; ja, viel Zeit für eine unbeschwerte Kindheit hatte auch er nicht und doch ging es ihm noch besser als den meisten anderen Kindern des Dorfes. Seinem fernen Bruder hatte er es zu verdanken, dass er die Schule besuchen konnte und wenigstens lesen und schreiben gelernt hatte. Die Erinnerung an seinen Bruder tat ihm weh, denn so, wie er es sich mit seinen sechs Jahren vorgestellt hatte, sollte es nicht kommen und die Gedanken daran trieben ihm die Tränen in die Augen.

Es war heute ein schmerzlicher Heimweg, denn der Baron hatte ihm gesagt, dass er nicht mehr wieder kommen braucht und seinen restlichen

Lohn hatte er ihm auch nicht gegeben. Wie sollte er der Familie unter die Augen treten? Niemand würde ihm einen Vorwurf machen, denn es war ja bekannt, wie der Baron mit den Leuten umsprang und von daher hatte er ja noch Glück gehabt, dass er seit zwei Jahren bei dem Baron arbeiten durfte und dieser ihm auch seinen Lohn für die geleistete Arbeit gezahlt hatte. Aber nun gab es auch dieses nicht mehr für ihn. Nicht einmal einen Apfel hatte er heute für die Kinder, denn ohne Geld wollte der Bauer ihm keinen Apfel geben. Was war das schon, ein einziger Apfel für vier kleine Mäuler, aber die Kleinen hatten sich immer so gefreut, als hätte er eine ganze Kiste Äpfel nach Hause gebracht. Pepino rieb sich die Tränen aus dem Gesicht und setzte sich auf einen Stein. Wie sollte es weiter gehen? Wie sollte er es seinen Eltern und den Großeltern sagen, dass er nun keine Arbeit mehr hatte? Neben dem Schmerz kam auch so langsam eine ungeheure Wut in ihm hoch. Wie konnte Gott es zulassen, dass so viele nicht einmal das Notwendigste zum Leben haben und andere nicht wissen, was sie alles von ihrem Geld kaufen können? Diese Ungerechtigkeit schnürte ihm die Brust zusammen und er bekam kaum noch Luft zum atmen. Er war ein Gott gläubiger Mensch und er wusste, dass er sich in Gedanken versündigte, aber in diesem Moment konnte er nicht anders, er war noch jung und fühlte sich dennoch so unendlich alt.

Der Schmerz raubte ihm fast den Verstand und ließ ihn innerlich erstarren.

Er bemerkte sie nicht, die Tränen, die ihm unaufhaltsam über die Wangen rinnen und auch den Einbruch der Dunkelheit nahm er nicht wahr; er saß nur da und starrte vor sich hin. Es wollte ihm kein klarer Gedanke kommen, der ihm einen Weg aus seiner Verzweiflung zeigte.

Wie auch, er war dem Ganzen nicht gewachsen. In seinem Kopf hämmerte es, als ob jemand mit einem Hammer darauf schlagen würde. Der Kopfschmerz ließ ihn ganz langsam wieder zu sich kommen und er wischte sich mit seinem Hemdsärmel die Tränen vom Gesicht. Wie lange er so verharrt hatte wusste er nicht und es war ihm in diesem Moment auch völlig gleichgültig.

Pepino erhob sich langsam, wie ein gebrochener alter Mann und machte sich in der völligen Finsternis auf den Heimweg. Das viel ihm nicht allzu schwer, denn die Dunkelheit war ihm vertraut.

Die wenigen Straßenlaternen waren schon lange erloschen, aber er kannte jeden Stein und Strauch hier in der Gegend. Nur ab und zu stolperte er leicht wenn ein Stein im Wege lag. Es war nicht mehr weit bis zu dem einfachen Häuschen seiner Eltern. Dort angekommen, zögerte er die Haustür zu öffnen; aber in diesem Augenblick öffnete sich die Tür und er blickte in das Gesicht seiner Mutter, die ihn sorgenvoll ansah. Seine Mutter hatte es bereits geahnt, dass etwas Schlimmes passiert sein musste, denn ihr Sohn kam sonst immer pünktlich zurück. Wie Recht sie hatte, bemerkte sie sofort, als sie in die Augen ihres Sohnes sah. Er senkte den Blick, denn er konnte ihre traurigen Augen nicht ertragen. Wie gut sie ihn kannte. Vor ihr konnte er nichts verbergen und genau das, machte die Sache noch schlimmer. Nicht einmal Ausreden hätte er sich einfallen lassen können, es war ihm einfach unmöglich, seine Mutter zu täuschen. Aber dazu war er in dieser Stunde nicht fähig, denn er litt, wie er es noch niemals zuvor tat und doch war er froh, endlich wieder im Kreise seiner Familie zu sein. Mein Gott, wie sehr liebte er sie alle. Die Großeltern, die Eltern und seine vier kleinen Geschwister. Auch dachte er an seinen älteren Bruder in der Ferne. In diesem Augenblick konnte er seine Tränen nicht mehr zurück halten und er brach in herzzerreißendes Schluchzen aus. Sofort nahm ihn seine Mutter in die Arme und wiegte ihn wie damals, als er noch ein kleiner Junge war. Alle sahen betroffen auf das soeben Erlebte. Eine unheimliche Stille lastete im Raum und niemand wagte auch nur einen Ton zu sagen. Selbst die Kleinen verharrten angstvoll auf ihren Plätzen und verstanden nicht, was um sie herum geschah. In die Stille hinein ertönte die kleine Stimme des jüngsten Bruders. Er war erst drei Jahre alt, aber er wusste genau, wenn Pepino nach Hause kam, gab es immer ein Stückchen Apfel und darauf freute er sich schon den ganzen Tag. Als niemand reagierte wurde die Stimme von Luciano lauter und er schrie nach seinem Stück Apfel. Warum es heute für ihn keinen Apfel gab, konnte er nicht verstehen und er fing bitterlich an zu weinen. Die Großmutter stand auf und versuchte ihn zu trösten, doch so schnell wollte sich Luciano nicht beruhigen lassen. Erst als die Großmutter ein Stück Stoff holte und es in den Zucker tauchte um es ihm zu geben, beruhigte sich der Kleine und er lutsche mit großem Vergnügen daran.

Ja, die Tränen des Kleinen konnten noch mit ein bisschen Zucker getrocknet werden, aber wie sah es in den Herzen der schon etwas älteren Geschwister aus? Sie waren doch auch noch klein, gerade einmal sechs und sieben Jahre alt und freuten sich doch auch täglich über ihr Apfelstückchen. Nur so viel verstanden sie, dass es heute nichts gab weil etwas passiert sein musste. Kinder haben dafür ein feines Gespür und außerdem konnten sie es an den ernsten Gesichtern der Großen erkennen.

Eine Stille, wie sie bisher niemand kannte, lag in dem Raum. Wenn Pepino sonst von der Arbeit kam, war der Raum des Hauses mit Leben erfüllt. Alle schwatzten durcheinander und die Kleinen spielten auf dem Fußboden. Es gab in diesem Haus nur einen einzigen Raum, der zur Nacht durch Vorhänge die einzelnen Schlafplätze voneinander trennte. Niemand war unzufrieden mit der Situation, denn bei den anderen Familien war es genau so und keiner hatte es jemals anders kennen gelernt. Aber es war nicht nur die Not, die sie alle auf engstem Raum zusammen leben ließ, nein, es war die tiefe Liebe die sie füreinander empfanden. Jedem von ihnen ging die Familie über alles. So war es und so sollte es für alle Zeiten bleiben.

Pepino lag noch immer in den Armen seiner Mutter und nur ganz langsam beruhigte er sich ein bisschen. Liebevoll strich ihm die Mutter über seine schwarzen Locken und summte dabei ein altes Kinderlied. Sie hatte es ihm einst, als er noch ganz klein war, immer vorgesungen.

Die Nähe der Mutter tat ihm gut und für einen kurzen Augenblick konnte er seinen Schmerz vergessen. Nach einer ganzen Weile fing er an, sich aus den Armen der Mutter zu lösen und küsste voller Dankbarkeit ihre kleine faltige Hand. Die viele Arbeit hatte ihre Spuren an ihren Händen hinterlassen und auch ihr Gesicht begann allmählich an zu verwelken. Doch für ihn gab es keine schönere Frau als seine Mutter. Mein Gott, wie sehr er sie liebte und sein Herz fing bei dem Gedanken daran heftig an zu schlagen. Etwas musste geschehen, denn so konnte es nicht weiter gehen. Er wusste nur noch nicht was. Pepino setzte sich wortlos an den Tisch und schlang die tägliche Pasta in sich hinein. Danach begab er sich sofort hinter den Vorhang, um sich auf seine Matratze zu legen. Doch der Schlaf wollte sich nicht einstellen.

Er wälzte sich von der einer Seite zur anderen, immer mit der Hoffnung, endlich Ruhe zu finden. Er hörte die Stimmen der Familie, aber was sie sagten, drang nicht an sein Ohr. Zu sehr beschäftigte ihn die Sorge um alle. Er bekam noch mit, dass sich auch die anderen schlafen legten und so ganz langsam kam für ihn der erlösende Schlaf.

Am nächsten Morgen, als er erwachte, stand die Sonne schon hoch am Himmel. Er konnte sich nicht erinnern, in den letzten Jahren, jemals so lange geschlafen zu haben. Nichts war zu hören.

Wo war die ganze Familie? Wo waren die Kinder, die doch sonst keine Rücksicht darauf nahmen, ob noch jemand schlief? Langsam erhob er sich von seinem Lager und schlug den Vorhang zur Seite. Niemand war im Haus. Merkwürdig, war heute ein besonderer Tag? Schnell zog er seine Hose und Schuhe an, um nach draußen zu schauen. Aber auch dort konnte er niemanden erblicken. Das grelle Sonnenlicht blendete ihn und er kniff die Augen zusammen und legte die Hand darüber. Jetzt sah er sie in der Ferne kommen. Wo waren sie hingegangen und warum waren die Kinder nicht in der Schule? Langsam näherten sich alle dem Haus. Die kleinen Geschwister liefen ihm freudig entgegen und sprangen in seine Arme. Er sah in die strahlenden Kinderaugen und in diesem Moment wurde ihm klar, dass es an ihm lag, dieses strahlen zu bewahren.

Mittlerweile waren alle vor dem Haus angekommen. Alle redeten wild durcheinander und Pepino hatte Mühe ihren Worten zu folgen. Jetzt hatte er verstanden, heute war der Hochzeitstag seiner Eltern und sie wollten diesen Tag gemeinsam mit allen verbringen. Dazu gehörte auch der morgendliche Kirchgang von dem sie gerade kamen. Nur ihn hatten sie schlafen lassen. Schnell wurden die Stühle und der Tisch nach draußen gestellt und alle nahmen daran Platz. Seine Mutter legte die Brote und Tomaten auf den Tisch; etwas Öl und Oliven durften auch nicht fehlen und sie ließen es sich schmecken. Dazu gab es Kaffee und für die Kleinen Wasser zu trinken. Eigentlich ein ganz normaler Morgen, wenn da nicht……

Er aß nur wenig und trank seinen Kaffee. Alsbald erhob er sich von seinem Stuhl und machte sich auf den Weg zur Piazza, dorthin, wo sich jeden Morgen die Männer zu einem Gespräch einfanden. Lange war er nicht mehr unter ihnen gewesen, denn er musste immer zeitig zu seiner Arbeit gehen. Aber das war ja nun vorbei und so wollte er sich ein wenig Ablenkung im Kreise der anderen verschaffen.

Wie immer saßen schon einige ältere Männer dort und hielten Ausschau nach den anderen, die noch kommen würden. Es war jeden Morgen dasselbe, aber im Laufe der Jahre wurde es zu einem festen Bestandteil ihres Lebens.

Es gab hier, in diesem kleinen Ort, auch keine weitere Zerstreuung; da war die Kirche, wo sie alle täglich hin gingen und der kleine Supermarkt mit seinen wenigen, aber teuren Angeboten und noch eine kleine Bar, in der die Männer sich einen Espresso gönnten wenn sie ein paar Münzen in der Tasche hatten. Aber sie waren nicht unzufrieden, denn nichts ging ihnen über ein Gespräch mit anderen Männern. Wie kleine Paschas reihten sie sich rund um die Piazza auf und es sah immer hoch wichtig aus was sie sich zu erzählen hatten. Im Grunde genommen waren es doch immer dieselben Geschichten, aber sie erzählten sie jedes Mal wieder anders und schon gab es neuen Gesprächsstoff. Auch ihre Väter und Großväter hatten es so gemacht und sie hielten an den Gewohnheiten fest. Vermutlich gab es ihnen auch eine Art von Sicherheit und das Gefühl der Verbundenheit miteinander. Sie diskutierten lautstark und gestikulierten dabei wild mit den Armen in der Luft herum. Jeder Fremde hätte gedacht, dass sie im nächsten Moment aufeinander losgehen würden. Aber dem war nicht so. Es war ihr südländisches Temperament, das bei jeder Gelegenheit zum Ausbruch kam, besonders dann, wenn sie nicht einer Meinung waren und das kam häufig vor. Genauso schnell wie sie sich bei den Gesprächen erregten, flauten die Emotionen auch wieder ab. Manchmal saßen sie auch schweigend beieinander und jeder hing seinen Gedanken nach.

Als die Männer ihn kommen sahen, verstummten ihre Gespräche abrupt. Erstaunt schauten sie in an. Fragen über Fragen stürmten auf ihn ein. Was war geschehen, wieso war er nicht zur Arbeit? Er kam doch sonst niemals um diese Zeit auf die Piazza. Nachdem etwas Ruhe eingekehrt war, erzählte er den Männern den Grund für sein hier sein. Beklommenheit machte sich breit, denn ein jeder wusste, was das für die Familie bedeuten würde. Sie alle hatten so etwas auch schon einmal erlebt und kannten die damit verbundenen Nöte; vor allem, den damit verbundenen Hunger und die Sorge um das Morgen. So still war es auf der Piazza schon lange nicht mehr. Einer der Männer trat aus der Menge hervor und ging auf ihn zu. Er legte den Arm um ihn und sagte, komm, ich lade Dich zu einem Kaffee in der Bar ein. Er nahm ihn einfach mit und so gingen sie beide zu der kleinen Bar. Der Kaffee tat gut und Pepino konnte diesen winzigen Glücksmoment genießen. Er erzählte ausführlich von dem gestrigen Geschehen und Guiseppe hörte ihm aufmerksam zu. Genauso war es ihm und seiner Familie ergangen und wenn ihm damals die anderen Dorfbewohner nicht geholfen hätten, er hätte nicht gewusst, womit er seine Kinder ernähren könnte. Das war mittlerweile einige Jahre her und heute sind zwei seiner Söhne in der Fremde und schicken regelmäßig Geld, damit sie alle leben konnten. Er würde ihm und seiner Familie helfen so gut er nur konnte, aber viel war es nicht was er geben konnte. Sie tranken ihren Kaffee aus und machten sich auf den Weg zurück zu den anderen, die auf der Piazza schon ungeduldig warteten. Das Gehörte musste natürlich ausführlich diskutiert werden und jeder überlegte, ob er der Familie nicht irgendwie helfen konnte. Arbeit konnte ihm niemand geben, aber hier und da ein wenig Gemüse oder Nudeln, das wollten sie schon möglich machen. Er war gerührt über so viel Anteilnahme und bedankte sich bei allen ganz herzlich. Die Stunden vergingen und nachdem die Männer alles sehr ausführlich miteinander besprochen hatten, machten sie sich auf den Heimweg. Die Sonne stand schon hoch am Himmel und es war Zeit, die Piazza zu verlassen. In der Mittagshitze wurde es dort unerträglich, zumal es nirgends Schatten gab. So ging jeder seines Weges.

Auch Pepino machte sich auf den Heimweg. Die Gespräche mit den Männern auf der Piazza hatten ihm gut getan und eigentlich war er recht guter Stimmung als er zu Hause ankam.

Alle hatten bereits an dem großen Tisch Platz genommen. Lustig und vergnügt plauderten sie miteinender. Die Kinder spielten unter den Bäumen und eigentlich sah es so aus, als könnte nichts diese Idylle trüben. Heute wollten sie feiern und lustig sein, den Alltagsstress vergessen und sich keine Gedanken um das Morgen machen. Er setzte sich zu ihnen und schnell war auch er in die Gespräche verwickeltet. Seine Mutter stellte eine riesige Schüssel mit dampfender Pasta auf den Tisch und sein Vater öffnete die Weinflaschen. Das selbst gebackene Brot duftete und alle ließen es sich schmecken. Ab und an kam eines der Kinder und nahm sich ein Stück Brot, denn sie waren nicht von ihrem Spiel abzubringen und wollten nicht mit am Tisch sitzen. Das war kein Problem, denn sie alle waren als Kinder auch nicht anders gewesen. Es hieß nur, lasst sie spielen solange sie noch können; wer weiß, was Morgen ist. Ihre eigenen Erfahrungen hatten sie gelehrt, dass die Kinderzeit von einem auf den anderen Tag vorbei sein kann.

Pepino blickte in die Runde und schmunzelte. Hatte doch gerade zio Salvatore sein Gebiss aus dem Mund genommen und es neben dem Teller platziert. Der Onkel behauptete immer, er könne damit nicht essen weil es so schlecht sitzt und beim kauen klappt es immer nach unten. Das störte ihn gewaltig. Niemand nahm Anstoß daran und jeder sah darüber hinweg.

Plötzlich sagte sein Vater, schaut einmal, wer da kommt. Alle blickten in die Richtung in die er mit dem Finger zeigte. Eine Menschenmasse bewegte sich auf das Haus zu und sie konnten erkennen, dass es die Nachbarn, Freunde und Bekannte waren. Da ging der Tumult erst richtig los. Einige hatten ihre Musikinstrumente mitgebracht und andere brachten Wein, Brot und sonstige Leckereien mit. Denn natürlich hatte er den Hochzeitstag seiner Eltern bei den Gesprächen auf der Piazza erwähnt und nun wollten alle gratulieren und mit feiern. Jeder war willkommen und die Begrüßung viel immer dementsprechend aus. Ein Küsschen und Umarmungen für die Frauen und ein kräftiges Schulter klopfen für die Männer. Man freute sich darauf, den Tag miteinander zu verbringen. Feiern mochten alle gerne, denn es half ihnen die Sorgen für eine kurze Weile zu vergessen. Die mitgebrachten Speisen wurden auf eine Decke gelegt und jeder nahm sich worauf er gerade Appetit hatte. Der Wein floss reichlich, aber niemand wurde betrunken, denn es war üblich zu jeder Tageszeit ein Gläschen Wein zu trinken; sie kannten es nicht anders. Die Zeit verging wie im Fluge und als der Abend kam, holten die Männer ihre Musikinstrumente hervor und begannen zu spielen. Bis weit nach Mitternacht wurde Tarantella getanzt und gesungen. Es wurde für alle ein gelungenes Fest und selbst die

Kleinen wurden nicht müde und tanzten und sangen mit. So viel Spaß hatten sie lange nicht mehr. Erst, als der erste Gast sich auf den Heimweg machte, bemerkten sie wie spät es eigentlich schon war. So nach und nach verabschiedeten sich auch die anderen Gäste und jeder versprach dem anderen, bei nächster Gelegenheit auch so ein schönes Fest zu veranstalten.

Man konnte sie noch in der Ferne lachen und singen hören.

So langsam kehrte Ruhe ein und er bemerkte die bleierne Müdigkeit die von ihm Besitz nahm. Er half schnell noch die restlichen Sachen ins Haus zu tragen und legte sich danach sofort auf seine Matratze. Im Nu war er bereits tief und fest eingeschlafen und nichts und niemand würde in dieser Nacht seinen Schlaf stören können. Was er nicht mehr bemerkte, war, dass seine Mutter noch lange wach blieb. So schön es heute auch war, aber die Sorgen um die Zukunft der Familie ließen sie nicht zur Ruhe kommen. Was sollte nur aus ihnen werden, jetzt, da Pepino auch seine Arbeit verloren hatte? Leise warf sie einen Blick hinter den Vorhang wo alle schliefen und fasste einen Entschluss. Sie nahm ihr Tuch um die Schulter und begab sich hinaus in die finstere Nacht. Den Weg fand sie auch im dunkel, denn sie ging ihn ja jeden Tag. Er führte sie geradewegs auf die kleine Kirche zu deren Tür immer offen stand.

Leise trat sie ein und fühlte sich sogleich geborgen. Sie nahm eine Kerze und zündete sie an. Vor der Christusfigur kniete sie nieder und fing an zu beten. Sie war, wie alle hier im Ort, sehr gläubig und fest davon überzeugt, dass der Herrgott sie auch jetzt nicht im Stich lassen wird und ihre Familie in dieser Not beschützten wird; trotzdem, ein zusätzliches Gebet konnte ja nicht verkehrt sein.

Der nächste Morgen

Pepino wurde erst durch das läuten der Kirchenglocken geweckt. Es war noch sehr früh, aber er stand auf und ging zu der kleinen Waschschüssel, die in der Küche schon für ihn bereit stand. Jeden Morgen stellte seine Mutter sie ihm hin, damit er sich das Gesicht und die Arme waschen konnte. Mehr gab es nicht, denn ein Badezimmer mit einer Wanne besaßen sie nicht. Einmal in der Woche wurde warmes Wasser auf dem Herd zubereitet und der Waschzuber, der in der Ecke stand, mit warmem Wasser gefüllt.

Für die Kleinen war es immer ein Spaß, aber Pepino wünschte sich, sie hätten auch so eine schöne Badewanne wie er sie beim Baron einmal gesehen hatte. Nicht, dass dieser ihn in sein Haus gelassen hätte, nein, er sah die Badewanne als sie gerade geliefert wurde. Er schlüpfte in seine Hose und zog das Hemd, das er gestern schon getragen hatte, wieder an. Ein bisschen schmutzig war es schon, aber das machte ihm nichts aus, denn auch ein frisches Hemd würde schnell wieder Flecken bekommen.

So dachte er, bis ihm siedend heiß einfiel, dass er ja gar nicht mehr zur Arbeit gehen musste. Seine Bewegungen wurden langsamer und im Nu nahmen die trüben Gedanken wieder Besitz von ihm. Schwer fällig, wie ein müder alter, gebrochener Mann, ließ er sich auf den Stuhl fallen und griff nach der Tasse Kaffee, die für ihn bereit stand. Ein Geschmack von herbe und süße machte sich in seinem Mund breit, als er den ersten Schluck nahm. Er trank die Tasse leer und verspürte, wie die Lebensgeister wieder in ihm erwachten. Heute früh würde er wieder zur Piazza gehen, um zu hören, ob der eine oder andere vielleicht einen guten Rat für ihn hat. Manchmal ist einem das Glück ja hold, so dachte er und trat vor die Tür. Im Dorf war es noch still; nur in der Ferne sah er die ersten Kirchgänger. Er setzte sich auf den Stuhl, der immer neben der Haustür stand. Er liebte die frühen Morgenstunden, denn sie brachten etwas Kühle in die sonst so unerträgliche Hitze in der Sommerzeit. Leise, um die anderen nicht zu stören, rief er nach seiner Mutter. Er wollte, dass sie sich zu ihm setzte um mit ihm die Frische des Morgen genießen konnte. Seine Mutter kam auch sofort zu ihm und hatte sich einen Stuhl mitgebracht. Sie verstand ihren Sohn und schloss ihn liebevoll in ihre Arme. Dann setzte sie sich schweigend neben ihn. Lange war es her, dass sie einige Minuten für sich alleine hatten. Pepino nahm ihre Hand und streichelte sie sanft. So saßen Mutter und Sohn in stiller Eintracht vor dem Haus, bis von drinnen die ersten Stimmen zu hören waren. Vorbei war es mit der Ruhe und seine Mutter ging hinein, um das Frühstück für alle zu machen. Als die Kirchenglocken das zweite Mal läuteten, machte er sich auf den Weg zur Piazza. Bereits unterwegs traf er einige Männer, die auch dorthin wollten und so gingen sie den Rest des Weges gemeinsam. Freudig wurden sie von denen, die sich schon auf der Piazza versammelt hatten, begrüßt. Wie immer schnatterten sie alle durcheinander, weil ein jeder meinte, dass das was er zu erzählen hatte wichtiger und interessanter war, als alle die anderen Geschichten. Irgendwann waren sie auch bereit einander zuzuhören und gaben nur hin und wieder ihren Kommentar dazu ab. Die Sonne stand schon weit oben am Himmel, als plötzlich in zügigem Galopp ein Pferdefuhrwerk auf die Piazza zu hielt. Es war der Baron mit einigen seiner Männer. An der Piazza angekommen stoppten sie und beschimpften die anwesenden Männer als faule Tagediebe und Hurensöhne, die zu faul zum arbeiten sind.

Den Männern verschlug es im ersten Moment die Sprache. War nicht er, der Baron selber, es gewesen, der sie um ihre Arbeit gebracht hatte?

Nun begannen auch sie, den Baron und seine Männer auf das Übelste zu beschimpfen und sie verfluchten ihn. Salvatore, der noch sehr jung und ein richtiger Heißsporn war, wollte sich auf den Baron stürzen und ihm Prügel verabreichen. Doch er wurde von den älteren Männern zurück gehalten. Es hätte sofort die Carabinieri auf den Plan gerufen und sie wollten unter allen Umständen ein übermäßiges Aufsehen vermeiden. Der Grund dafür war, der Baron hatte auch die Carabinieri mit seinem Geld bestochen und so würde hier niemandem Gerechtigkeit widerfahren, wenn er von ihnen mitgenommen wird. Eine schlimme Sache, aber die Carabinieri waren auch arme Teufel wie alle hier im Ort und die eigene Not hatte sie soweit gebracht, das Geld des Barons anzunehmen. Viele schämten sich und sahen betreten zur Seite wenn ihnen jemand aus dem Dorf über den Weg lief. Ansonsten saßen sie den ganzen Tag in ihrer kleinen Amtsstube und warteten auf den Feierabend.

Sie wussten, dass sie die anderen Dorfbewohner mit ihrer Bestechlichkeit verraten hatten und damit sich selbst und ihre Familien dem Teufel ausgeliefert. Ja, der Baron erschien allen als der Leibhaftige.

Der Tumult nahm langsam ab und die Männer des Barons sprangen wieder auf das Fuhrwerk. Der Baron ließ seine Peitsche über die Köpfe der Männer sausen und rief ihnen unflätige Worte zu und sie würden ihren Angriff auf ihn noch bitter bereuen. Mit diesen Drohungen machte er sich von dannen. Er trieb die Pferde mit der Peitsche an, sodass diese im Galopp davon preschten. So konnte und sollte es nicht weiter gehen; da waren sich die Männer einig. Mittlerweile hatten sich auch einige Frauen dazu gesellt und diskutierten eifrig mit. Sie wollten sich die Unterdrückung durch den Baron und seine Männer nicht länger gefallen lassen. In diesem Punkt waren sich alle einig.

Lange standen sie noch auf der Piazza um zu überlegen, wie sie gegen das Unrecht vorgehen konnten, aber zu einem Ergebnis kamen sie an diesem Tag nicht. Es musste wohl überlegt sein, denn ansonsten würden sie danach noch schlimmer dran sein, als bisher. Ein Plan musste her und zwar schnell, denn sonst würde sich in hundert Jahren nichts ändern. Vor allem wollten sie ihre Söhne in der Fremde um Rat fragen, denn sie wussten, dass man dort anders lebte und alles geregelt war. Mit diesen Gedanken verabschiedeten sie sich voneinander und gingen heim.

Pepino hatte sich an den Diskussionen nur bedingt beteiligt, denn er hatte seine eigenen Gedanken zu dem Geschehen hier im Dorf. Etwas in ihm hatte sich gewandelt. Er fühlte eine unheimliche Kälte in sich aufsteigen und spürte den Hass, den er auf den Baron hatte. Nein, so sollte es nicht weiter gehen, die Zustände mussten sich ändern. Nur, von allein taten sie nicht, das war ihm auch klar. Noch heute wollte er seinem älteren Bruder einen Brief schreiben und ihm die Ereignisse schildern. Bestimmt wusste dieser Rat, so hoffte er. Zu Hause angekommen setzte er sich an den schon gedecktem Tisch Platz und aß seine Portion Nudeln. Er trank ein Glas Rotwein dazu und nahm sich von dem frischen Brot, das seine Mutter heute Morgen im Dorfbackofen gebacken hatte. Als sie fertig gegessen hatten und die Kleinen ein Stück weiter vom Haus entfernt spielten, erzählte er seinen Eltern was sich heute auf der Piazza zugetragen hatte. Schweigend vernahmen sie seine Worte und ihre Gesichter wurden immer ernster. Das kann kein gutes Ende nehmen sagte sein Vater und seine Mutter pflichtete diesen Worten bei. Was soll nur werden? Auch heute hatte er nichts von einer Möglichkeit gehört etwas Geld zu verdienen. Wo denn auch? Alles gehörte doch dem Baron und andere Arbeitsmöglichkeiten gab es hier nicht. Lange Zeit sprach niemand ein Wort.

In die Stille hinein sagte Pepino:

»Ich werde einen Brief an Lorenzo schreiben und ihm alles mitteilen, vielleicht hat er ja einen Rat für uns«.

Sofort stand er auf und holte sich aus der Küche einen Stift und ein Blatt Papier. Das schreiben bereitete ihm große Mühe, denn weiter, als bis zur vierten Schulklasse, war er nicht gekommen. Dennoch musste er es machen. Lorenzo sollte erfahren, wie es um die Familie stand. Er schrieb und schrieb und seine Hand fing langsam an zu schmerzen. Für einen kurzen Moment legte er den Stift beiseite. Er las seinen Eltern das geschriebene vor und als sie keinerlei Einwände machten, schrieb er weiter. Jetzt hatte er den Brief beendet und wollte gleich zur kleinen Poststelle gehen, um einen Umschlag und eine Briefmarke zu kaufen. Gedacht, getan. Er machte sich sofort auf den Weg, denn Lorenzo sollte den Brief so schnell wie möglich bekommen. Es dauerte immer ziemlich lange bis eine Nachricht den Empfänger erreichte. Auf dem Weg zur Poststelle begegneten ihm die ersten Männer, die sich jeden Morgen auf der Piazza versammelten. Er erzählte ihnen von seinem Brief und der damit verbunden

Hoffnung. Versuchen kannst du es ja, aber ob es etwas bringt, das weiß nur der dort oben allein. Sicher, die Söhne in der Ferne verdienten für ihre Verhältnisse viel Geld, aber das Leben dort war viel teurer als hier im Ort. Jeder schickte schon seiner Familie was er erübrigen konnte und manche Eltern wussten gar nicht, wie karg die Söhne dort lebten, nur um die Daheim gebliebenen zu unterstützen.

An der Poststelle angekommen, verabschiedete er sich von den anderen und ging in den kleinen Laden. Dort bekam er das gewünschte und steckte den Brief in den Umschlag. Fein säuberlich schrieb er die Adresse seines Bruders auf den Umschlag und klebte die Briefmarke darauf. Er warf seinen Brief in ein hölzernes Kästchen, dass auf dem Tresen stand und verabschiedete sich von Angelina, der dieser kleine Laden gehörte. Sofort machte er sich wieder auf den Heimweg. Er hatte keine Lust auf ein Schwätzchen und wollte den Tag lieber daheim verbringen.

Es begannen Tage des Wartens und der Hoffnung. Manchmal ging er zur Piazza um sich mit den anderen Männern auszutauschen, aber es gab auch Tage, da blieb er daheim.

Bis eines Morgens der Postbote im Eilschritt zu ihnen kam und den lange ersehnten Brief von

Lorenzo brachte. Da die Kleinen in der Schule waren, konnten sie den Brief in aller Ruhe lesen. Sein Bruder schrieb, dass er sehr traurig über das Geschehene ist, aber leider nicht helfen kann, da er nicht wusste, ob sein Arbeitsvertrag noch weiter verlängert werden würde. Vielen ging es in der Fremde jetzt so, denn auch dort hatte sich die Situation verschlechtert. Würde es keine weitere Arbeit für ihn geben, müsste er zurück in die Heimat kommen. Lorenzo hatte noch etwas Geld mit in den Umschlag gelegt; viel war es nicht, aber dennoch freuten sie sich sehr darüber. Die Sorgen des ältesten Sohnes machten die Eltern traurig und auch Pepino war sehr bedrückt, nachdem er den Brief zu ende gelesen hatte. Er musste ihn seinen Eltern vorlesen, denn beide hatten niemals eine Schule besuchen können und waren somit des Lesens und Schreibens nicht mächtig. Irgendwie hatten es sich alle denken können, dass auch Lorenzo ihnen nicht helfen konnte, aber ein Fünkchen Hoffnung hatten sie sich gemacht.

Seine Mutter ging in die Küche um den Topf mit Pasta auf den Herd zu stellen. Sein Vater blieb draußen bei ihm sitzen. Eine Weile saßen sie schweigend beieinander, bis sein Vater zu ihm sagte, komm, lass uns zu den anderen gehen, sie wollen bestimmt wissen, was Lorenzo geantwortet hat. Denn, dass ein Brief von ihm gekommen war, das wussten bereits alle. In diesem kleinen Ort blieb nichts vor den anderen verborgen. Also machten sich Vater und Sohn gemeinsam auf den Weg zur Piazza. Dort angekommen, warteten schon alle gespannt auf das, was Vater und Sohn zu berichten hatten. Ein Blick in die Gesichter der beiden verriet ihnen sofort, dass es keine guten Neuigkeiten gab. So begannen Vater und Sohn zu erzählen und berichteten auch davon, dass Lorenzo selber um seinen Arbeitsplatz fürchtete. Betreten blickten alle zu Boden, denn jeder dachte sofort an den Sohn, oder die Söhne in der Fremde. Ob es ihnen dort genauso erging wie Lorenzo, dem ältesten der Familie Calabrese? Bisher hörten sie zum ersten Male, dass es in der Fremde auch nicht gut stand. Bei den Gedanken daran war ihnen allen ziemlich mulmig zumute. Lange tauschten sie ihre Meinungen aus, aber wie schon zuvor, niemand wusste einen Rat.

Auch an diesem Mittag kam der Baron auf seinem Fuhrwerk mit seinen Leuten bei der Piazza vorbei. Doch diesmal wagte er es nicht, die Leute zu provozieren, zu sehr saß ihm der Schreck vom letzten Mal noch in den Gliedern. Eiligst fuhr er vorbei, ohne nach links und rechts zu schauen. Er kannte die Dorfbewohner nur zu gut und wusste, dass es nur eines Funken bedurfte und die Menge würde auf ihn losgehen. Die Sonne brannte wieder einmal heiß vom Himmel herab und so machten sich auch die Männer auf den Heimweg. Es war Zeit, denn bestimmt hatten die Frauen das Essen schon zubereitet und die Kinder kamen zur Mittagspause aus der Schule. Am späten Nachmittag mussten die Kinder dann noch einmal zur Schule gehen. Über Mittag war es nicht möglich, sich draußen aufzuhalten, denn die Sommersonne brannte unbarmherzig von oben herab. Pepino und sein Vater kamen zu Hause an und setzten sich so gleich an den Tisch. Von weitem sahen sie die Kleinen kommen und seine Mutter holte die Teller aus dem Schrank um den Tisch zu decken. Er stand auf um seiner Mutter behilflich zu sein und nahm ihr den schweren Topf mit der Pasta ab. Er sah, wie müde sie war und es wurde ihm traurig ums Herz. Viel musste sie arbeiten, aber jeder half ihr so gut er konnte. Dennoch blieb das meiste an ihr hängen, aber sie beklagte sich nie. Schön wäre es, wenn die Mutter einmal für einen Tag die Hände in den Schoß legen könnte; oder wenigstens für ein paar Stunden.

Pepino rührte lustlos in seinem Teller herum und so richtig wollte sich der Appetit nicht einstellen.

Iss Junge, sagte sein Vater, es wird alles nicht besser, wenn du das Essen nicht anrührst. Er tat wie ihm geheißen, aber so richtig wollte es ihm nicht schmecken. Dabei kochte seine Mutter vorzüglich und es war immer ein besonderer Genuss von ihr mit einfachen, aber sehr, sehr schmackhaften Dingen verwöhnt zu werden. Die eingelegten Tomaten und Paprika ließen einem das Wasser im Munde zusammenlaufen. Wieder kam in ihm die ungeheure Wut empor, die er schon seit gut drei Wochen in sich trug. Ich muss eine Lösung finden, sonst geht es bald nicht mehr weiter. Er aß seinen Teller leer und half anschließend seiner Mutter. Gegen jegliche Gewohnheit verzog er sich danach auf seine Matratze und schlief auch sofort ein. Der Trubel um ihn herum erreichte ihn nicht mehr. Es war bereits spät am Abend, als er aus seinem Schlaf erwachte. Die ganze Familie war vor dem Haus und es dachte noch keiner daran, schlafen zu gehen. Die Kleinen neckten ihn und nannten ihn eine Schlafmütze. Seine Mutter holte aus der Küche einen starken Kaffee für ihn. Bereits nach einigen Minuten erwachten seine Lebensgeister wieder. Der Schlaf hatte ihm gut getan und im Traum war ihm die Lösung aller Probleme erschienen. Doch darüber sprach er nicht mit den anderen. So wie es ihm im Traum erschienen ist, so wollte er es machen und niemand sollte seine Gedanken erfahren. Er fing an mit den anderen zu scherzen und zu lachen und war fröhlicher Dinge. Auf einmal erschien ihm alles so leicht und seine Traurigkeit war wie weggeblasen. Er konnte nicht ahnen, dass ihm schon bald dieser Traum zum Verhängnis werden sollte und sein ganzes bisheriges Leben auf den Kopf stellen würde.

Es war schon sehr spät, als langsam die Dunkelheit herein brach. Seine Mutter brachte die beiden Kleinen zu Bett und blieb bei ihnen bis sie eingeschlafen waren. Draußen hörte er den leisen Gesang seiner Mutter, denn es war so üblich, dass sie den Kindern vor dem schlafen etwas vor sang. Auch bei ihm hatte seine Mutter es früher gemacht und er erinnerte sich gerne daran zurück.

Als die Kleinen schliefen kam seine Mutter vor das Haus und meinte, es wäre jetzt auch Zeit, dass alle schlafen gingen. Sein Vater erhob sich vom Stuhl und begab sich nach drinnen. Ich kann jetzt noch nicht schlafen sagte er, denn ich bin noch nicht müde, da ich heute Nachmittag so lange geschlafen habe. Das war verständlich und so begab sich seine Mutter ebenfalls zu Bett. Als alle friedlich schliefen holte er seine schwarze Hose und einen schwarzen Pullover aus seinem

Regal. Er zog beides an und dachte im Stillen, heute Nacht werde ich es wagen. In der Finsternis kannte er sich gut aus und kein Baum, oder Strauch war ihm fremd. Er schaute noch einmal nach den anderen, aber alle schliefen tief und fest und hatten nichts bemerkt. Vorsichtig schaute er sich um, ob auch niemand in der Nähe war. Hatten sich die Augen erst einmal an die Dunkelheit gewöhnt, konnte er schon die unterschiedlichen schwarzen Farbschattierungen erkennen. Nichts war da, was ihn beunruhigte. Leise schlich er hinaus in die dunkle Nacht, immer auf der Hut, dass niemand ihn entdecken konnte. Langsam, in gebückter Haltung ging er Schritt für Schritt seines Weges. Wie oft bin ich diesen Weg schon gegangen dachte er bei sich und doch, heute Nacht war alles anders. Als er sich schon eine ganze Weile von seinem Elternhaus entfernt hatte, blickte er zurück und überzeugte sich davon, dass auch bei den anderen Familien kein Licht mehr brannte. Von dem kleinen Hügel, auf dem er sich gerade befand, konnte er das ganze Dorf überblicken. Gut so, dachte er und setzte seinen Weg fort. Er lauschte in die Dunkelheit, aber nichts war zu hören. Je näher er seinem Ziel kam, desto mulmiger wurde ihm zu mute. Aber er musste es tun, denn einen anderen Ausweg sah er nicht.

Jetzt lag er vor ihm. Der große Hügel wirkte in der Finsternis wie ein monströser Berg, der jedem, der ihn erklimmen wollte, drohte. So ein Quatsch dachte er, am Tage habe ich mich doch auch nicht gefürchtet. War es sein schlechtes Gewissen, das ihn peinigte? Sicher, denn noch niemals hatte er etwas Derartiges gemacht und sein Herz schlug Salto. Pepino setzte sich am Rande des Hügels auf einen Stein um ein wenig zu verschnaufen. Langsam beruhigte er sich wieder und begann auf den Knien den Hügel zu erklimmen. Er war immer darauf bedacht, kein Geräusch zu verursachen und so kam er nur langsam voran. Nach einer Weile hielt er inne, um in die Dunkelheit zu lauschen. Vorsichtig sah er sich um, aber er konnte nichts entdecken. Atemlose Stille war rings um ihn herum. Weiter, dachte er, sonst schaffst du es niemals bis ganz nach oben. Dort wollte er hin, denn ganz oben auf dem Hügel lag der große Gutshof des Barons. Vor den Hunden, die in der Nacht frei herum liefen, brauchte er sich nicht zu fürchten. Sie kannten ihn und er hatte sich, als er noch bei dem Baron gearbeitet hatte, mit ihnen angefreundet. Vorsorglich hatte er einige Brocken Brot in seine Tasche gesteckt, damit er die Hunde damit beruhigen konnte. Sie durften keinen Laut von sich geben, denn das hätte ihn verraten und sofort die bewaffneten Aufpasser des Gutshofes alarmiert. Er hatte diese Typen bei Tage kennen gelernt und wollte nicht wissen, wie eine Begegnung mit ihnen in der Nacht ausgehen würde. Fast auf dem Hügel angekommen, fühlte er auf einmal, wie eine warme Zunge an seiner Hand leckte. Pepino erschrak gewaltig, aber trotzt der Finsternis konnte er ausmachen, dass es sich um Bruno, den einen der fünf Hundes des Barons handelte. Er streichelte das Tier und flüsterte ihm leise Worte ins Ohr. Aber wo waren die anderen Hunde? Jetzt sah er den Gutshof vor sich liegen. Wolken hatten vorher die schmale Sichel des Mondes verdeckt, aber gerade in diesem Augenblick zogen sie vorbei und das fahle Mondlicht warf ein gespenstisches Licht auf die Szenerie. Schnell duckte er sich hinter einem Busch und wartete darauf, dass die nächsten Wolken den Mond verdecken würden. Lange musste er nicht warten, denn schon schoben sich die nächsten Wolken davor. Im Schutze der völligen Dunkelheit schlich er immer weiter, bis er an dem großen Vorratsspeicher angekommen war. Das war sein Ziel, da wollte er hin. Der Baron hatte so viele Vorräte, dass er einen extra Speicher dafür hatte errichten lassen. Zu Hause hatte seine Mutter auch einige Vorräte, aber dafür reichte die kleine Ecke in der Küche aus um sie zu lagern.

Jetzt spürte er sie. Nun waren auch die anderen vier Hunde zu ihm gekommen und wedelten um seine Beine herum. Er gab ihnen schnell einige Brotbrocken, damit sie ruhig blieben. Es waren Jagdhunde und eigentlich eine wilde Meute, aber heute Nacht blieben sie ruhig und gaben keinen Laut von sich. Als ob sie wussten, dass sie ihn mit ihrem bellen verraten würden.

Ganz langsam und vorsichtig öffnete er den Riegel an der Vorratskammer und schob ihn nach oben. Bevor er hinein ging, schaute er sich noch einmal nach allen Seiten um, aber es blieb ruhig und niemand war in der Finsternis zu erkennen. Er kannte sich hier sehr gut aus und wusste, wo alles lag. Zu viele Male hatte er hier noch aufräumen müssen. Pepino zog einen Beutel unter seinem Hemd hervor und begann einige Dinge die er ertasten konnte, dort hinein zu tun. Dinge, die seine Familie so dringend brauchte, damit sie die nächsten Tage eine Mahlzeit auf dem Tisch hatten. Zu guter Letzt, nahm er aus dem Weidenkorb noch einige Äpfel und Aprikosen, damit die kleinen Geschwister ein bisschen Obst bekommen konnten. Während der ganzen Zeit waren die Hunde bei ihm und es war, als ob sie ihn beschützen wollten. Zu viel steckte er nicht ein, damit niemand sofort Verdacht schöpfen konnte. Beim raus gehen verwischte er seine Fußspuren mit einigen Zweigen. Leise schob er den Riegel wieder vor die Tür und machte sich auf den Rückweg. Nicht, ohne auch hier, seine Spuren zu verwischen. Gleich einer Katze schlich er in die Dunkelheit und war froh, als er den halben Hügel hinter sich gelassen hatte. Unter einem Baum hielt er inne und setzte sich für einen kleinen Augenblick. Die Hunde waren ihm Gott sei Dank nicht gefolgt, sondern weiter ihrer Aufgabe nachgegangen, den Besitz des Barons zu bewachen. Wieder kam die Sichel des Mondes hinter einer Wolke hervor und Pepino drückte sich, so gut er konnte, an den Stamm des Baumes. Er wartete, bis sich die nächste Wolke vor den Mond schob und machte sich auf den Weg nach Hause. Einmal meinte er ein knacken zu hören. Er lauschte in die Nacht, aber da es ruhig blieb, setzte er seinen Weg fort. Nun hatte er den Weg oberhalb des Dorfes erreicht und sah, dass alles dunkel war. Die Leute schliefen um diese Zeit, aber man wusste ja nie, ob nicht außer ihm noch jemand in der Dunkelheit war. Vielleicht hatte noch jemand den Gedanken gehabt, dem Baron des Nachts einen Besuch abzustatten? Wer weiß? Sein Herz klopfte laut und er war froh, endlich bei seinem Elternhaus anzukommen. Pepino hatte schon die Türklinke in der Hand, als er spürte, wie diese von innen geöffnet wurde. Fast hätte ihn der Schlag getroffen, denn in diesem Augenblick dachte er, die Häscher des Barons lauerten hier schon auf ihn. Erleichtert spürte er die Hand seiner Mutter, als diese ihn in das Haus zog. Sie hatte kein Licht gemacht, sondern auf ihn gewartet. Sie hatte nicht geschlafen und gemerkt, dass er sich angezogen hatte und das Haus verließ. Voller Sorge hatte seine Mutter in der dunklen Küche gesessen und auf seine Rückkehr gewartet. Sie ahnte, dass er etwas vorhatte und war froh, ihn nun wieder zu Hause zu haben. Er gab ihr den Beutel mit den Sachen und seine Mutter wusste sofort woher die Dinge kamen. Sie holte aus der Küchenschublade eine Kerze und Streichhölzer und gab ihm zu verstehen, dass er ihr folgen sollte. Hier im Haus konnten sie die Dinge unmöglich aufbewahren, denn sie würden kommen um die Häuser zu kontrollieren, wenn sie den Diebstahl bemerkten. Seine Mutter hatte die Kerze angezündet und ging voraus. Etwas weiter hinter dem Haus lagen flache Steine und einen dieser Steine hob seine Mutter hoch. Der Stein war schwer und er eilte ihr zu Hilfe. Was bedeutete das? Er hatte bisher nicht gewusst, dass seine Eltern dort ein Versteck hatten. Wozu brauchten sie es? Viele Fragen schossen ihm durch den Kopf, aber er wagte es nicht, auch nur eine einzige Frage zu stellen. Nun, da der Stein beiseite gehoben war, sah er, dass sich darunter ein tiefes Loch befand. Es war ein ehemaliger Brunnen, der schon lange trocken war. Es war ein tiefes, aber schmales Loch, da die Seitenwände vor langer Zeit einmal eingestürzt waren. Nur die Mitte des Brunnenschacht war noch frei, sodass man dort zum kühlen Speisen und Getränke herunter lassen konnte. Aber das hatten seine Eltern nie gemacht, denn sonst hätte er diese Speisekammer gekannt. Viele machten es so im Dorf. Es musste eine andere Bewandtnis mit diesem Brunnenschacht haben. Seine Mutter holte aus ihrer Küchenschürze ein langes Seil und schnürte damit den Sack zu. Dann lies sie den Sack ganz langsam hinunter gleiten und befestigte das obere Ende an einem Haken der sich in der Erde befand. Er hatte den Haken gar nicht bemerkt und wunderte sich nur, dass seine Mutter alles so gut kannte. Dann deutete seine Mutter ihm an, den Stein wieder über das Loch zu legen. Sie legten einige Zweige und Blätter darauf und verwischten, so gut sie konnten, ihre Spuren. Schweigend gingen sie beim Schein der Kerze zum Haus zurück. Niemand hatte ihre

Abwesenheit bemerkt, denn alle schliefen tief und fest. Das schnarchen seines Vaters war laut und deutlich zu hören und so legten sie sich beide auch auf ihr Nachtlager. Kurz darauf war er eingeschlafen.

Seine Mutter fand in dieser Nacht keinen Schlaf mehr, denn sie wurde von bösen Vorahnungen befallen. Sollte sie alles noch einmal erleben? Lieber Gott, betete sie leise, lasse ein Wunder geschehen und hilf meiner Familie. Sie wischte sich mit dem Handrücken die Tränen aus dem Gesicht, aber in der Dunkelheit hätte sowieso niemand bemerkt, dass sie weinte. Was würde noch alles geschehen? Angstvoll verkroch sie sich immer tiefer unter ihrer Bettdecke. Geht ihr Sohn jetzt denselben Weg, wie es damals ihr Großvater tat? Wo war er heute Nacht? Woher hatte er die mitgebrachten Dinge? Hatte ihn irgendjemand dabei beobachtet?

Viele Fragen gingen Maria durch den Kopf und langsam begann ihr der Kopf zu schmerzen. Leise, um die anderen nicht zu stören, stand sie auf und ging in die Küche. Dort goss sie sich einen Schluck von dem Kaffee ein, den sie am Nachmittag gekocht hatte. Er war zwar mittlerweile kalt geworden, aber das machte ihr nichts aus, denn er schmeckte süß und stark. Der Druck in ihrem Kopf ließ langsam nach und so beruhigte sie sich wieder ein bisschen. Maria dachte zurück an die Zeit, als sie noch ganz klein war. Viele Erinnerungen hatte sie nicht mehr daran, aber, dass eines Tages mehrere Männer in ihr Elternhaus stürmten und den Großvater einfach mitnahmen, das war ihr im Gedächtnis haften geblieben. Sie sahen ihn nie wieder. Maria verstand damals nicht was geschah und auf ihre kindlichen Fragen bekam sie von niemanden eine Antwort. Alle schwiegen. Das Jammern und Klagen der Frauen war ihr noch lebhaft in Erinnerung. Heute wusste sie, was damals geschehen war. Der Großvater hatte in seiner Not und Sorge um die Familie den Großvater des jetzigen Barons bestohlen und sie waren ihm auf die Schliche gekommen. Bis heute wusste allerdings niemand, was sie mit ihm gemacht hatten, denn er blieb für immer verschwunden.

Ihrer Großmutter brach es das Herz und ein Jahr nach dem verschwinden ihres Mannes wurde sie zu Grabe getragen.

Damals gab es große Unruhe im Ort, denn niemand konnte sich erklären, wo der alte Calabrese geblieben war, oder was sie mit ihm gemacht hatten. Sie wurden noch vorsichtiger als je zuvor und die Mauer des Schweigen zog sich immer enger. Bis irgendwann niemand mehr ein Wort darüber verlor. Maria gingen diese

Gedanken immer wieder durch den Kopf und sie beschloss, am nächsten Morgen, ein Gespräch mit ihrem Sohn zu führen. Sie wollte ihm vom Schicksal ihres Großvaters berichten. Pepino kannte diesen Teil aus der Vergangenheit seiner Mutter nicht und gerade deshalb war es für sie so wichtig, ihn darüber zu informieren und ihn zu warnen. Der Morgen dämmerte schon, als sich Maria nochmals für einen kurzen Moment auf ihr Lager legte.

Das läuten der Kirchenglocken riss sie aus ihrem Halbschlaf. Schnell erhob sich Maria von ihrer Matratze und begann in der Küche die Brote für die Kleinen zuzubereiten. Ein wenig Olivenöl, Tomate und Salz legte sie darauf, das musste genügen, denn mehr gab es nicht. Aber es schmeckte gut und gesund war es obendrein. Ein Glas Wasser noch für jeden und fertig war das Frühstück. Dann hörte sie auch schon die Kleinen. Wie kleine Kinder halt so sind, sie machten die Augen auf und plapperten, was das Zeug hielt. Von da an, standen ihre Schnäbel nicht mehr still und es war mit der Ruhe vorbei, bis sie in die Schule gingen. Maria liebte ihre Kinder sehr. Lorenzo und Pepino waren ja schon erwachsene Männer, aber diese beiden Kleinen brauchten sie noch voll und ganz. Sie hatte gar nicht mehr damit gerechnet noch weitere Kinder zu bekommen, aber der Herr dort oben hatte anders entschieden. Als drei Jahre danach auch noch Luciano das Licht der Welt erblickte, nahm sie auch ihn als ein Geschenk Gottes, dankbar an. Die Kinder waren gesund und die beiden größeren lernten schon fleißig in der Schule. Bisher mangelte es ihnen auch nicht an Nahrung. Gut, das tägliche Obst, dass er sonst immer mitbrachte entfiel, aber das war nicht so schlimm, denn satt wurden die Kleinen bisher immer. Wobei so einige Male auch ein anderer auf einen Teil seiner täglichen Mahlzeit verzichtet hatte. Meistens war es Maria, die unter einem Vorwand einen Teil ihres Essens den Kleinen zu schob. Schon kamen die Kleinen in die Küche und machten sich über ihr Frühstück her. Angezogen waren sie bereits und Maria musste ihnen nur noch die Haare kämmen. Unter zetern und Geschrei wurde auch diese Prozedur beendet, denn es war nicht einfach, die schwarze Lockenpracht zu bändigen. Die beiden nahmen ihre Schultaschen und machten sich auf den Weg zur Schule. Wenig später erschienen auch Vater und Sohn in der Küche und setzten sich an den Tisch. Maria goss Ihnen frischen Kaffee ein und gab ihnen von dem Weißbrot. Mehr aßen sie nicht. Pepino wechselte einige Worte mit seinem Vater und dieser sagte ihm, dass er heute Morgen auf die Piazza gehen würde. Es war sein einziger Zeitvertreib, da er ja keinen Boden mehr zu bearbeiten hatte. Das kleine Gärtchen, das ihnen noch geblieben war, erforderte nicht sehr viel Zeit. Kurz darauf, als sein Vater sich auf den Weg gemacht hatte, rief Maria ihren Sohn zu sich. Die Gelegenheit war günstig, sodass sie ungestört mit ihm sprechen konnte. Er setzte sich zu seiner Mutter an den Küchentisch. Verwundert war, als sie hin aufstand, um die Haustür zu schließen. Maria wollte sicher sein, dass niemand ihr Gespräch mitbekommen konnte. Sie nahm die Hand ihres Sohnes in ihre Hand und schaute ihm dabei in die Augen. Dann fing sie an zu erzählen. Er hörte ihr ungläubig zu und verstand zuerst nicht, was seine Mutter ihm sagen wollte. Eindringlich redete sie auf ihn ein und dann fragte sie ihn, wo er letzte Nacht gewesen sei. Er erzählte ihr was er getan hatte und was sich in dem Beutel, den sie letzte Nacht heimlich im Brunnen versteckt hatten, befindet. Maria hörte ihm aufmerksam zu und sie bekam ihre Vermutung bestätigt. Ihr Sohn war zum Dieb geworden, so wie einst ihr Großvater. Sie wollte ihn nicht verlieren und beschwor ihn eindringlich, es nie wieder zu tun. Andererseits wusste sie aber auch, das ohne den Diebstahl, schon bald nichts mehr zu essen im

Hause war. Er nahm seine Mutter in den Arm und versuchte sie zu trösten. Immer wieder wiederholte er dieselben Worte, nämlich, dass in doch niemand gesehen habe und schon alles gut werden würde. Er hatte seine Spuren doch auf das gründlichste verwischt und niemand konnte die Spur zu ihm verfolgen.

Aber das Gehörte ging ihm nicht aus dem Sinn. Wo war damals der alte Calabrese geblieben?

Seine Mutter sprach weiter und erzählte ihm von den ungeschriebenen Gesetzen hier unten im Dorf und auch, dass ihr Großvater nicht der Einzige war, der bisher spurlos verschwand. Er war sehr erschrocken. Deshalb also das häufige Schweigen auf viele seiner Fragen um noch mehr über die eine oder andere Sache zu erfahren. Daher rührte bei den Bewohnern des Dorfes die Angst vor dem Baron und seinen Leuten. Auch wusste niemand, ob es der Baron selber war, oder ob noch jemand anderes hinter diesen Machenschaften steckte. Es ging jedenfalls schon lange so zu und fing an, als Maria noch ein Kind war. Davor hatten alle in Ruhe und Frieden hier gelebt und auch mit dem Großvater des heutigen Barons hatte es keinerlei Probleme gegeben. Bis zu dem Tag, als sich alles veränderte. Der damalige Baron entwickelte sich zum Tyrannen und fing an, die Leute von ihrem Land zu verjagen und nahm ihnen den Grund und Boden ab. Zuerst wehrten noch die Dorfbewohner dagegen, aber als der erste Dorfbewohner, der sich zum Wortführer der anderen gemacht hatte, plötzlich über Nacht verschwand und nicht mehr auftauchte, da ahnten sie, dass ihnen schlimme Zeiten bevorstehen würden. Keiner wagte es mehr, sich gegen den Baron, seine Anordnungen und Befehle zu widersetzen. Von da an ging die Angst im Dorf um. Das hatte Pepino so niemals mitbekommen. Aber wie sollte er auch, denn die Kinder ahnten von nichts und tollten spielend draußen herum. Wäre er letzte Nacht nicht aus dem Haus gegangen und mit dem gefüllten Beutel zurückgekommen, hätte seine Mutter ihm das alles nicht erzählt. Es war schon genug, dass ihr Mann und sie dieses Wissen mit sich herum trugen, so wie alle älteren Dorfbewohner. Ihre Kinder sollten, so lange es möglich war, in dem Glauben leben können, dass es hier solche Verbrechen nicht gibt. Nun wusste er die Wahrheit und ihm wurde auf einmal so übel, dass er sich übergeben musste. Was waren das für Menschen, die andere einfach verschwinden ließen und sie niemals mehr gesehen wurden? Er verstand die Welt nicht mehr und fragte seine Mutter, ob Lorenzo das alles wusste. Sie bejahte seine Frage und sagte ihm, dass das der Grund sei, weshalb er damals in die Ferne gegangen war. Auch er wollte vor Jahren in die Nacht hinaus als es ihnen schlecht ging, aber der Vater hatte ihn gerade noch zurück halten können. So kam es, dass sein großer Bruder sich auf den Weg in die Fremde machte. Er sorgte seitdem, so gut er konnte, für die ganze Familie und verbrachte seine Tage einsam und verloren in der Ferne. In seinem letzten Brief an die Familie hatte er geschrieben, dass er selber um seinen Arbeitsplatz bangen würde und vielleicht nach Hause zurück müsste. Pepino weinte. Er hatte den Bruder um Hilfe gebeten und nun, da er die volle Wahrheit wusste, schämte er sich dessen. Wieder war es seine Mutter die ihm Trost zu sprach, obwohl auch ihr auch zum weinen zumute war. Er trocknete seine Tränen und sprach zu ihr, dass etwas geschehen müsse. Aber was? Es klopfte an der Tür und beide erstarrten auf ihren Plätzen. Wer war das? Wer konnte das sein? Der Vater kam doch nie vor Mittag zurück und jemand anderen erwarteten sie nicht. Maria erhob sich und ging zur Tür um sie zu öffnen. Draußen stand ihr Mann und fragte sofort, warum sie denn die Tür verschlossen hatten. Als er in ihre Gesichter sah, wusste er Bescheid; nun hatte auch Pepino die unglückselige Geschichte des Dorfes erfahren. In den Augen ihres Mannes sah Maria, dass es einen Grund gab, weshalb er heute so früh wieder heim gekommen war. Sie verschloss die Tür und alle drei setzten sich um den Tisch. Langsam erzählte sein Vater was heute auf der Piazza das Gesprächsthema war. Bei dem Baron wurde letzte Nacht eingebrochen und der, oder die Diebe haben etliches aus dem Vorratsgebäude geraubt. Da die Hunde nicht angeschlagen hatten, wurde stark vermutet, dass es sich um jemanden aus dem Dorf handelte. Es geht das Gerücht umher, dass der Baron von seinen Männern alle Häuser durchsuchen lassen will, um den Übeltäter zu finden. Pepino sah seine Mutter an, aber diese ließ sich nichts anmerken. Stattdessen sagte sie zu ihrem Mann, dass sie nichts zu verbergen hätten, sollten die Häscher nur kommen. Dann stand sie auf, um die Haustür wieder aufzuschließen. Sie machte sich über ihre Hausarbeit her und setzte den Topf mit dem Wasser für die Pasta auf den Herd; so, als ob nichts gewesen wäre. Sollte sein Vater nichts von seinem nächtlichen Treiben erfahren?

Ganz verstehen konnte er das Verhalten seiner Mutter nicht. Aber er würde sie bei Gelegenheit fragen, warum sie seinem Vater gegenüber geschwiegen hatte. Nur heute würde es wohl keine Gelegenheit mehr geben, denn Zia Franca brachte den kleinen Luciano zurück, der die letzten drei Wochen bei ihr in den Bergen verbracht hatte. Der Kleine vertrug die Sommerhitze nicht so gut und so verbrachte er jedes Jahr einige Wochen bei der Tante. Der Weg war weit und beschwerlich und vor dem Nachmittag würden die beiden nicht hier sein können. Alle erwarten die Rückkehr des Kleinen mit Freude, denn er hatte ihnen doch sehr gefehlt. So nervig er auch manchmal sein konnte, aber ohne ihn fehlte einfach etwas. Sicherlich hatte er wieder etliche Fortschritte gemacht und vielleicht konnte er ja jetzt bereits schon richtig sprechen. Das war mit ihm nicht so einfach, denn Luciano wollte und wollte einfach die Worte nicht richtig aussprechen. So manch lustiges kam dabei zustande und wenn alle darüber lachten, wiederholte er es immer wieder. Er wollte immer im Mittelpunkt stehen und damit gelang es ihm natürlich prächtig. Aber er wurde bald vier Jahre alt und es war an der Zeit, dass er sich korrekt auszudrücken lernte. Denn schon mit vier Jahren gingen hier alle Kinder in einen Kindergarten, den die Dorfbewohner gegründet hatten. Er diente dazu, die Mütter etwas zu entlasten, denn in der Regel war es so, dass die Frauen, solange sie gebären konnten, Kinder bekamen. Jedes Kind war ein Geschenk Gottes und sie nahmen, ohne zu klagen, ihr Schicksal an.

Auch seine Eltern hatten sich gefreut, als nach Jahren, noch seine drei kleineren Geschwister geboren wurden. Was wird und wie sie alle satt werden können, daran dachte in solchen Momenten niemand. Von weiten sah Pepino die beiden Geschwister, die den Vormittag in der Schule verbracht hatten, kommen. Er ging in die Küche und machte sich daran den Tisch zu decken. Wie immer duftete es hier bereits köstlich und er verspürte seinen Hunger. Auch sein Vater kam zusammen mit den Kleinen in die Küche. Nachdem sie sich die Hände gewaschen hatten, setzten sie sich auch an den Tisch und ließen sich die Mahlzeit schmecken.

»Heute Nachmittag kommt Zia Franca und bringt Luciano zurück«, sagte seine Mutter in die Runde.

Sofort schnatterten die Kleinen los, denn auch sie hatten ihren jüngeren Bruder vermisst. Lasst uns ein Fest machen, baten sie und blickten ihre Mutter an. Ja, wir werden heute ein kleines Fest zum Willkommen geben. Weiter sagte ihre Mutter, sie könnten doch einige Nachbarn dazu bitten, dann wird es bestimmt lustig. Gleich nach dem Essen machten sich die Kleinen auf den Weg zu den Nachbarn und verkündeten die freudige Botschaft, dass es bei Familie Calabrese heute ein Fest geben wird. Alle versprachen zu kommen, sobald die Kinder vom Unterricht aus der Schule zurück sind. So schnell es die Mittagshitze zuließ, eilten sie nach Hause um es der Mutter zu sagen. Diese freute sich sehr, denn ein gemeinsames Fest mit den Nachbarn ist lustig und festigt den Zusammenhalt zwischen den Familien. Jeder brachte etwas zum essen und trinken mit, denn nur so konnten sie gemeinsam feiern, da sie ja alle nur wenig hatten. Nun kehrte Ruhe ein und auch die Kleinen hatten es sich drinnen auf ihren Matratzen gemütlich gemacht. Draußen war es im Sommer unerträglich heiß und jeder war froh, die Kühle des Hauses genießen zu können.

Erst das läuten der Kirchenglocken erinnerte daran, dass es Zeit war aufzustehen, denn nun begann der Nachmittagsunterricht für die Kleinen. Sie tranken noch schnell etwas Wasser und machten sich erneut auf den Weg zur Schule. Fröhlich zogen sie von dannen und hofften, dass der Nachmittag schnell vorbei ging und sie wieder nach Hause konnten. Sicherlich war in der Zwischenzeit Zia Franca mit dem kleinen Bruder schon zu Hause eingetroffen.

Gegen 18.00 Uhr hörten sie schon von weiten das muntere Geplapper des Kleinen. Aufgeregt sprang er an der Hand der Tante hin und her. Er freute sich auf seine Mama und den Rest der

Familie. Heimweh hatte er aber nicht gehabt, denn er mochte Zia Franca sehr gerne. Sie war die Schwester seiner Mutter und liebte deren Kinder als wären es ihre eigenen, von denen sie selber sieben an der Zahl hatte. Aber nun war Luciano froh, wieder daheim zu sein. Pepino und seine Eltern gingen ihnen entgegen, um die beiden willkommen zu heißen. Überschwänglich wurden alle umarmt und geküsst, bis ihnen die Luft weg blieb. Sie erzählten der Tante von dem Fest, dass heute statt finden sollte und da Zia Franca immer über Nacht blieb, wenn sie den Kleinen zurück brachte, war diese darüber natürlich hell auf begeistert. So konnte auch sie einmal wieder auf die Nachbarn treffen und mit ihnen plaudern. Sie kannte sie alle, denn früher wohnte sie auch in dem Haus, welches jetzt ihrer Schwester gehörte. Sie selber war nach ihrer Hochzeit zu ihrem Mann gezogen und sah die Schwester und ihre Familie nicht mehr so häufig. Schön wird es werden, dachte sie im Stillen und machte sich sogleich mit an die Arbeit, das Fest vorzubereiten. Die Schwestern hatten sich viel zu erzählen und der kleine Luciano wich dabei nicht von der Seite seiner Mutter. Die Zeit ran dahin und schon nahten die beiden Kleinen, die aus der Schule kamen, sich wieder dem Elternhaus. Schon von weiten winkten sie und sofort rannte

Luciano ihnen aufgeregt entgegen. Sie umarmten ihr Brüderchen, als wäre er Jahre fort gewesen. Dann nahmen sie ihn in ihre Mitte und alle drei gingen Hand in Hand zum Haus. Zia Franca wurde von den beiden überschwänglich begrüßt und wie jedes Mal, hatte die Tante ihnen auch eine Kleinigkeit mitgebracht. Heute bekamen sie ihre Lieblingskekse, die Zia Franca extra noch für sie gebacken hatte. Alle waren glücklich und zufrieden und selbst die älteren unter ihnen konnten für einen Moment ihre Sorgen und Nöte vergessen.

Doch das Glück sollte nicht von langer Dauer sein.

Es war schon spät am Abend, alle waren satt und zufrieden und plauderten munter miteinander. Einige Nachbarn brachten ihre Mandolinen mit und musizierten munter drauf los. Es herrschte eine ausgelassene Stimmung, die abrupt endete, als sie plötzlich vor ihnen standen. Niemand hatte sie kommen sehen, oder hören. Wie aus dem Nichts standen sie vor ihnen. Die Musik und die Gespräche verstummten. Alle starrten wie gebannt auf die sechs schwarz gekleideten Männer, die ihre Hüte tief in die Stirn gezogen hatten. Finster schauten sie drein und sie ahnten nichts Gutes. Ohne auch nur ein Wort zu verlieren stürmten sie in das bescheidene Haus und es interessierte sie nicht, das der kleine Luciano zu weinen begann, als er von dem gepolter wach wurde. Maria war ihnen gefolgt, aber sie stießen sie brutal zur Seite. Sie verlor das Gleichgewicht und wäre fast zu Boden gestürzt, wenn sie sich nicht am Tisch festgehalten hätte. Sie fing an zu schreien und wollte zu ihrem Sohn, der mittlerweile erbärmlich jammerte. Er hatte Angst. Nun stürzten auch Pepino und sein Vater ins Haus und fragten die Männer, was sie hier suchten und warum sie die Mutter nicht zu ihrem Kind ließen. Die Männer antworteten nicht und suchten weiter in dem Schrank und überall wo sie etwas vermuteten. Einem wurde das weinen des Kleinen zu viel und er packte ihn am Arm und zog ihn hoch. Sofort stürzte sich Maria auf ihn und entriss ihm das völlig verstörte Kind. Vater und Sohn ballten ihre Hände zu Fäusten, aber sie mussten ruhig bleiben, sonst würden sie das Ganze noch verschlimmern. Hass, ein geradezu unbändiger Hass regte sich in ihm und in seinem Inneren schwor er Rache.

Die Männer fanden nichts und machten sich, so lautlos wie sie gekommen waren, wieder aus dem Staub. Alle hatten die Häscher des Barons erkannt und die Nachbarn waren erschüttert über das, was sie hier gesehen hatten. In ihren Augen war die Angst zu sehen und sie fürchteten sich davor, dass diese Bluthunde auch zu ihnen kommen würden. Es sollte ein schöner Abend für alle werden, einen an den sie noch lange denken würden. Diesen Abend würden sie nie im Leben vergessen und auch als die Häscher schon lange fort waren, saß ihnen der Schreck noch immer in den Gliedern. Die Frauen halfen noch das Haus wieder aufzuräumen, da alles verstreut auf dem Fußboden lag und machten sich anschließend mit ihren Familien auf den Heimweg. Jeder hing seinen Gedanken nach und sprach kein Wort. Besonders hart traf es alle, dass die Kinder dieses hatten miterleben müssen und wie brutal der kleine Luciano von einem der Männer behandelt wurde.

Als alle gegangen waren und seine Mutter mit den Kindern im Haus verschwand, blieben er und sein Vater noch draußen. Sie entfernten sich ein kleines Stück vom Haus, dass niemand ihre Worte hören konnte. Es war an der Zeit mit ihm zu reden, dachte sein Vater. Sein Sohn sollte nun alles über die unheilvolle Geschichte des kleinen Dorfes erfahren. Schweigend lauschte Pepino den leisen Worten seines Vaters und wagte nicht, ihn zu unterbrechen. Ungläubig schaute er seinen Vater an und als dieser nickte, wurde es ihm übel und er musste sich schnell zur Seite beugen. Sein ganzer Mageninhalt schoss in einem Schwall aus ihm heraus. Es ging ihm schlecht. Sein Vater saß bei ihm und sagte nichts mehr, aber in seinen Augen sah er die Wut und den Schmerz und vor allem die Ohnmacht, nichts dagegen machen zu können. Der Baron und seine Männer waren Handlanger einer Organisation und niemand im Dorf vermochte zu sagen, wer dahinter steckte. Tatsache war, dass sie überall große Angst und Schrecken verbreiteten und die Menschen sich fürchteten.

Wieso habe ich von alledem nie etwas bemerkt, fragte er sich? Warum hatte bisher niemand mit ihm darüber gesprochen? Die Antwort auf seine Fragen war einfach, es war das ungeschriebene Gesetz des Schweigen und das galt für jeden hier im Ort. Sein Vater sagte ihm, dass sie nichts gesagt hätten, um ihn so lange wie möglich von diesen Dingen fernzuhalten. Denn was er nicht wusste, konnte ihn auch nicht belasten. Es reichte schon, dass er seine bittere Erfahrung mit dem Baron hatte machen müssen. Nun, nachdem er die ganze Tragik des Dorfes erfahren hatte, wusste er, was er zu tun war. Sein Traum hatte ihm den Weg gezeigt und diesen würde er von nun an gehen. Einen ersten Schritt in diese verhängnisvolle Richtung hatte er bereits letzte Nacht gemacht, aber er bereute es nicht. Vielmehr wurde er durch das heutige Geschehen und die Worte seines Vaters noch darin bestärkt, dass es der einzige und richtige Weg ist. Vater und Sohn gingen zurück ins Haus. Alle hatten sich bereits auf ihr Lager gelegt und die Geschwister schliefen sicherlich schon. Das seine Mutter noch nicht schlief war ihm klar. Sie hielt den kleinen Luciano fest im Arm, als wollte sie ihn nie wieder loslassen. Wie weh musste ihr ums Herz sein, dachte Pepino bei sich, gibt es Schlimmeres für eine Mutter mit ansehen zu müssen, wie ihrem Kind Schmerz zugefügt wird? Gewiss nicht. Er legte sich auf seine Matratze und starrte in die Dunkelheit. Heute Nacht würde er zu Hause bleiben, denn es wäre viel zu gefährlich noch ein weiteres Mal zu den Vorratskammern des Barons zu schleichen. Es würde bestimmt alles gut bewacht sein und im Dorf sollte erst einmal wieder Ruhe einkehren. Aber danach, das nahm er sich fest vor, würde er sich wieder in die dunkle Nacht begeben und seine geplanten Raubzüge fortsetzen. Eine andere Möglichkeit zum Überleben sah er nicht.

Mit diesem Gedanken schlief er ein und er erwachte erst wieder, als er die Stimmen seiner kleineren Geschwister vernahm. Sie freuten sich über den Apfel, den ihnen ihre Mutter mit in die Schultasche steckte.

Einen Apfel?

Sofort war Pepino hellwach, denn das konnte nur bedeuten, dass seine Mutter in der Nacht zu dem Versteck gegangen war und hatte etwas aus dem Beutel genommen. Er ging in die Küche und wünschte allen einen schönen guten Morgen. Dabei sah er seine Mutter an, aber diese ließ sich nichts anmerken; alles war so wie jeden morgen. Also deshalb hatte er nie etwas von dem mitbekommen, was so rings herum im Dorf passierte, die älteren konnten sich meisterhaft verstellen und so tun, als ob nichts geschehen wäre. Er ahnte nicht, dass es nur eine Frage der Zeit war, bis auch er dieses Spiel beherrschte. Maria reichte ihrem Sohn eine Tasse Kaffee und verabschiedete dann schnell die Kleinen, damit sie pünktlich in der Schule ankommen.

»Pepino, die Zeit des Schweigen ist nun auch für dich gekommen«, sagte seine Mutter als sie sich zu ihm an den Tisch setzte.

Er hatte verstanden und ab heute würde er keine Fragen mehr stellen. Sein Vater schlurfte auf seinen Pantoffeln heran und setzte sich zu ihnen.

Es vergingen Tage und Wochen und bis auf die Tatsache, dass die Häscher des Barons noch in einigen anderen Häusern ihr Unwesen getrieben hatten, blieb ansonsten alles ruhig. Die

Gespräche auf der Piazza hatten wieder andere Themen zum Inhalt und so langsam wuchs Gras über die Sache. Heute war es wieder einmal brennend heiß, als Pepino und sein Vater sich in der Mittagshitze auf den Heimweg machten. Schweigend gingen die beiden Männer nebeneinander zum Haus. Dort angekommen, tranken sie zuerst einmal von dem kühlen Brunnenwasser, das die Mutter schon auf den Tisch gestellt hatte. Die Kleinen kamen aus der Schule und Luciano freute sich; nun hatte er endlich jemanden zum spielen. Kurz darauf aßen sie alle gemeinsam und legten sich anschließend für ein Weilchen auf ihre Matratzen. Ihr Leben war wie ein Ritual, alles vollzog sich täglich aufs Neue und niemand ahnte, was in Pepino vorging. Er lag auf seiner Matratze und wusste, dass er es heute noch einmal wagen würde die Vorratskammern des Barons zu bestehlen. Es musste sein, denn er hatte beobachtet, dass seine Mutter schon seit einigen Tagen den kleinen Geschwistern keinen Apfel, oder eine andere Frucht gegeben hatte. Das hieß, dass die gestohlenen Vorräte aufgebraucht waren. Er hatte in den vergangenen Wochen gelernt zu beobachten und keine Fragen mehr zu stellen. Doch niemals hatte er es mitbekommen, wenn seine Mutter sich nachts aus dem Haus schlich.

Oder war es sein Vater? Er wusste es nicht und im Moment war es ihm auch egal. Von den geheimen Zeichen, mit denen sich seine Eltern wortlos verständigten, hatte er keine Ahnung. So verging auch dieser Tag wie alle anderen Tage. Am späten Nachmittag kamen die Kleinen aus der Schule, es wurde gegessen, noch ein bisschen über dieses und jenes gesprochen, bis sich schließlich alle schlafen legten. Er lag auf seiner Matratze und wartete darauf, dass er sicher sein konnte, dass alle schliefen. Leise erhob er sich und griff nach seiner Kleidung. Er hatte sie schon zuvor unter seine Matratze gelegt, damit niemand mitbekam, dass er sich in der Nacht fort schleichen wollte. Ganz vorsichtig schlich er nach draußen. Schnell schlüpfte er in seine Sachen und blickte sich, so gut er konnte in der Dunkelheit um. Alles war ruhig und er hatte nicht das Gefühl, dass sich jemand in der Nähe befindet. Leise, um niemanden zu wecken, machte er die Haustür zu bevor er sich auf den Weg machte. Er fühlte sich unbehaglich, aber er musste heute Nacht noch einmal zu den Vorratsgebäuden des Baron. Nur zu gut war ihm der abendliche Überfall seiner Handlanger in Erinnerung. Sollte er lieber wieder umkehren? Schnell schob er diesen Gedanken beiseite und ging weiter. Pepino lauschte in die Finsternis.

Hatte er nicht eben ein knacken vernommen? Nein, es war alles ruhig um ihn herum. Wieder klopfte sein Herz wie wild und der Pulsschlag dröhnte in seinen Ohren. Er hatte das Gefühl, als könnte man das Pochen meilenweit hören. Immer näher kam er dem Hügel auf dem das Anwesen des Barons sich befand. Noch einmal hielt er inne um sich nach allen Seiten um zuschauen. Jetzt hatte er den Hügel erreicht. Für einen kurzen Moment ließ er sich neben einem Busch nieder.

Er musste einen Augenblick verschnaufen, denn schon jetzt war er schweißgebadet. Als er ruhiger wurde, nahm er seinen ganzen Mut zusammen und machte sich daran, den Hügel hinauf zu steigen. Wie beim ersten Mal warf nur die schmale Mondsichel ihr fahles Licht auf den Hügel, als sie hinter einer Wolke hervor kam. Unheimlich war es und er erschauerte. Er musste an die Hunde des Baron denken. Vorsichtshalber hatte er auch diesmal kleine Brotstücke in der Hosentasche. Sicher konnte er aber nicht sein, ob es ihm auch heute gelingen würde, die Hunde zu beruhigen. Tief geduckt, fast schon auf dem Bauch liegend, kam er nur langsam voran. Endlich, es war geschafft. Er befand sich oben auf dem Hügel und sah die Umrisse der Gebäude . Es herrschte atemlose Stille und nicht einmal die Hunde kamen angelaufen. Was hatte das zu bedeuten? Wo waren die Hunde? Pepino wagte es nicht, sich auch nur einen Millimeter von der Stelle zu bewegen. Er hielt dem Atem an und lauschte nochmals in die Stille. Alles war ruhig wie schon zuvor. Erst ein schlecken an seiner Hand löste ihn aus seiner Starre. Wie schon beim ersten Mal, als er hier oben war, hatte Bruno ihn von weitem bemerkt und war leise zu ihm hin geschlichen. Guter Bruno, dachte er, Du wirst mich niemals verraten und streichelte den Kopf des Hundes. Sicherlich waren auch die anderen Hunde in der Nähe, aber er konnte sie in der Dunkelheit nicht ausmachen. Wichtig war im Moment nur, dass Bruno ruhig blieb, denn dann würden die anderen Hunde auch keinen Laut von sich geben. Pepino ging langsam und stets darauf bedacht kein Geräusch zu verursachen, in Richtung der Vorratsgebäude weiter. Er spürte auch die anderen Hunde an seinen Beinen. Sie verhielten sich vollkommen ruhig und er gab ihnen von den Brotbrocken, die er für sie eingesteckt hatte. Nun hatten er die Tür der Vorratskammer erreicht. Er schob den Riegel hoch und verschwand blitzschnell darin. Alles musste sehr schnell gehen, denn es konnte jeden Augenblick eine nächtliche Patrouille vorbei kommen und ihn entdecken. Pepino wusste, dass der Baron zusätzlich zu den Hunden, noch   Wachpersonal eingestellt hatte. Er packte alles, was ihm in die Finger kam, in seinen mitgebrachten Beutel. Nun aber nichts wie raus. Eiligst ging er zur Tür und verriegelte sie. Im fahlen Mondlicht konnte er erkennen, dass alle fünf Hunde bei ihm waren. Das war geschafft, aber nun musste er unentdeckt zum Hügel kommen. Er holte noch ein Stückchen Brot für jeden Hund aus seiner Hosentasche und dann schlich er davon. Er merkte, dass die Hunde ihm folgten, aber er wusste auch, das sie nie weiter, als bis zum Hügel liefen. Dort angekommen machten sie kehrt und Pepino kroch den Hügel empor. Er hielt inne und suchte mit den Augen die Dunkelheit ab. Er bemerkte nichts und so verschnaufte er für ein paar Sekunden. Der Beutel war schwer und durch die geduckte Haltung nicht so einfach zu tragen. Sein Herz raste und sein Atem ging schwer. Weiter Pepino, sagte er zu sich selbst und er nahm den Beutel mit der Beute wieder auf. Im Schutz der Büsche kroch er den Hügel herunter. Auf halber Höhe angekommen, ließ ihn ein Geräusch erstarren und inne halten. Was war das? Ein leises knacken war zu hören. Jetzt haben sie mich entdeckt, dachte er. Abermals schlug ihm das Herz bis zum Hals und er meinte, man könnte seinen Pulsschlag bis ins Tal hören. Seine Muskeln waren zum zerreißen gespannt. Da war es wieder, dieses knackende Geräusch und nun glaubte er auch eine Stimme zu hören. Ganz leise nur, aber der Wind hatte sie zu ihm herüber getragen. Aber wenn es die Häscher des Baron waren, wieso hatte er die Hunde nicht gehört? Oder war außer ihm noch jemand auf dem Hügel? Regungslos verharrte er auf seinem Platz. Wieder meinte er etwas zu hören. Eine weitere Stimme drang an sein Ohr. Es mussten zwei Männer in der Nähe sein. Was sollte er nun machen? Würde er weiter gehen, dann könnten sie ihn bemerken und das musste   Pepino unbedingt vermeiden. Es würde noch ein paar Stunden dauern bis der Tag anbricht und vorerst war er an seinem Platz sicher. Als die Stimmen der Männer lauter wurden, bekam er es mit der Angst zu tun. Sie führten bestimmt nichts Gutes im Schilde, denn sonst würden sie sich nicht mitten in der Nacht hier oben herumtreiben. Genauso wenig wollten sie den Baron bestehlen, denn dort hätte er sie bemerkt. Es musste etwas anderes sein, was sie hier oben machten. Aber was konnte es sein? Das laute knacken von Zweigen schreckte ihn abrupt aus seinen Gedanken. Kommen sie jetzt näher an ihn heran und entdeckten ihn womöglich? Nein, die

Geräusche entfernten sich und kurz darauf war nichts mehr zu hören. Sollten sie fort sein? Er hoffte es, denn so langsam wurde ihm vor lauter Anspannung übel und er fürchtete, sich übergeben zu müssen. Lange würde er es nicht mehr zurückhalten können. Da war es auch schon passiert. Pepinos ganzer Mageninhalt ergoss sich in einem Schwall aus ihm heraus. Zitternd vor Angst, dass die Männer doch noch in der Nähe waren und ihn gehört haben könnten, hockte er am Boden. Nichts geschah. Noch eine ganze Zeit blieb er in seiner Deckung und erst, als er einigermaßen sicher sein konnte, dass die Luft rein war, machte er sich auf den Rest des Weges. Das Dorf lag dunkel vor ihm und er war froh wieder hier zu sein. Nur noch wenige Meter und er war wieder zu Hause. Wie schon beim ersten Mal, wurde die Tür von innen geöffnet, als er an den Türgriff fasste. Doch diesmal stand sein Vater im dunklen vor ihm und flüsterte ihm zu, dass er sich sofort hinlegen sollte. Sein Vater griff nach dem schweren Beutel und begab sich leise in die Dunkelheit. Pepino tat wie ihm sein Vater geheißen und legte sich auf seine Matratze. Gerade wollte er seine Decke über sich ziehen, als er die Hände seiner Mutter spürte. Sie flüsterte ihm ins Ohr, er solle seine Sachen ausziehen, damit nichts verdächtiges mehr an ihm war. Er tat es und seine Mutter nahm die Kleidungsstücke an sich. In der Küche machte Maria die Kerze an und legte alles fein säuberlich zusammen. Dann verstaute sie die Sachen bei den anderen und niemand würde merken, dass sie bis eben getragen wurden. Sie und ihr Mann hatten im Laufe der Jahre gelernt, keinerlei Spuren zu hinterlassen. Dann legte sie sich wieder hin und kurz darauf kam auch ihr Mann zurück. Er legte sich sofort neben seine Frau und griff nach ihrer Hand. So schliefen sie ein.

Auch Pepino war sofort eingeschlafen nachdem er seiner Mutter seine Kleidungsstücke gegeben hatte. Doch in dieser Nacht wurde er von Albträumen geplagt und wälzte sich auf seiner Matratze von einer Seite zur anderen. Immer wieder hörte er die Stimmen der beiden Männer und das knacken der Zweige im Unterholz. Er träumte davon, dass sie ihn entdeckt hatten und ihm Schlimmes antun. Erst die beruhigenden Hände seiner Mutter, die ihn sanft streichelten, ließen ihn in einen tiefen Schlaf sinken. Maria wusste was mit ihrem Sohn los war und das es in seinem Inneren brodelte. Aber sie fürchtete sich auch vor dem, was kommen würde. Den zweiten Einbruch in seine Vorratsgebäude würde der Baron nicht mehr so einfach hinnehmen und nur die Häuser durchsuchen lassen von seinen Männern. Die schmerzvollen Erinnerungen an längst vergangene Tage, als ihr Großvater noch bei ihnen war, stiegen in ihr hoch. Damals war es genau so. Zuerst wurden die Häuser durchsucht und als sich die Einbrüche häuften, wurden bei Nacht und Nebel mehrere Männer des Dorfes auf Wagen geladen und mitgenommen. Einige der Männer kamen schwer misshandelt zurück und andere verschwanden spurlos. So war es auch damals ihrem Großvater ergangen; er kam nie mehr zurück. Diejenigen, die nach Hause zurück kamen, schwiegen. Niemand erfuhr von ihnen nur ein einziges Wort. Tatsache war, dass sie nicht mehr dieselben waren wie vorher. Bei den Gedanken an jene unheilvolle Zeit krampfte sich Marias Herz zusammen. Was, wenn alles wieder von neuem beginnen würde? Würde über die Familie Calabrese erneut so ein schreckliches Unheil herein brechen? Würden die Häscher ihren Mann und ihren Sohn auch mitnehmen? Langsam und mühevoll erhob sie sich und legte sich auf ihre Matratze. Schlaf konnte Maria in dieser Nacht nicht finden.

Die Sonne brannte wieder heiß vom Himmel, die Kirchenglocken läuteten und es war an der Zeit, die beiden Kleinen für die Schule fertig zu machen. Auch Luciano war schon erwacht und wie jeden morgen bereits voller Tatendrang. Er setzte sich auf seinen Stuhl und verlangte nach seiner Milch und etwas zu essen. Maria deckte den Tisch und die Kinder ließen es sich schmecken. Schnell packte sie noch jedem ein Stück Brot in die Schultaschen und ab ging es zur Schule. Am liebsten wäre auch Luciano mitgegangen und es war jeden Morgen dasselbe Theater ihn davon abzuhalten, den beiden Schwestern hinterher zu laufen. Pepino, der bereits aufgestanden war, nahm ihn auf den Arm und beruhigte ihn. Kurz darauf erschien auch sein Vater in der Küche. Wenn wir heute zur Piazza gehen, dann nehmen wir den Kleinen mit, sagte er zu Pepino, denn er hatte sehr wohl mitbekommen, dass seine Frau in der Nacht nicht schlafen konnte. Sie brauchte etwas Ruhe.

Pepino nickte zustimmend, denn auch er hatte bemerkt, dass seine Mutter sehr müde aussah. Also tranken sie ihren Kaffee, aßen etwas in Milch getunktes Brot dazu und machten sich dann ganz langsam auf den Weg zur Piazza. Sie wären sowieso nicht schnell voran gekommen, denn Luciano sprang hier hin und dort hin; überall entdeckte er etwas und das musste erst einmal lang und ausgiebig besprochen werden. Toll fand er es, dass er heute mit durfte. Seine Unbekümmertheit lenkte die beiden Männer von ihren trüben Gedanken ab und so kamen sie lachend an der Piazza an. Sie glaubten nicht, schon jemanden dort anzutreffen, aber sie irrten sich. So voller Menschen wie heute war die Piazza um diese sonst noch nie. Alle redeten, wild gestikulierend auf einander ein. Etwas war geschehen, das spürten Vater und Sohn sofort. Aus den Wortfetzen, die zu ihnen hinüber drangen, entnahmen sie, dass es letzte Nacht wieder einen Einbruch beim Baron gegeben hatte und dieser vor Wut tobte. Heute früh schon war er mit seinen Männern vor der Kirche erschienen und hatte die Kirchgänger bedroht. Die Nachricht hatte sich so schnell wie ein Lauffeuer im Dorf verbreitet und alle waren daraufhin zur Piazza geeilt. Pepino und seinem Vater war sofort klar, dass es sich nur um den nächtlichen Raubzug von Pepino handeln konnte. Kaum waren sie bei den anderen, als diese auch den beiden alles erzählten. Davon hatten sie nichts mitbekommen, denn ihr Haus lag etwas außerhalb des Dorfes. Vater und Sohn ließen sich nichts anmerken und diskutierten mit den anderen. Die Frage, wer es gewesen sein könnte, stellten sich allerdings alle. Niemand erschien ihnen verdächtig und so kamen sie auf den Gedanken, dass es bestimmt jemand aus dem Nachbarort gewesen ist. Nur, was sollten sie jetzt machen? Ihre Aufregung wurde immer größer und verständlicher, denn jeder hatte angst vor den Folgen. Beim letzten Mal waren sie ja noch glimpflich davon gekommen, aber diesmal? Zu tief steckte bei vielen älteren von ihnen noch die Erinnerung an frühere Zeiten in den Gliedern. Sollte es wieder so kommen? Einige Frauen weinten bereits und die Männer blickten betreten zu Boden. Wie sollten sie ihnen helfen, oder gar ihre Familie vor den Übergriffen beschützen? Sie wussten sich keinen Rat. Stunden später machten sich alle auf den Heimweg. Maria hatte mittlerweile das Essen gekocht und alles schien wie immer. Sie erzählten ihr was sie auf der Piazza gehört hatten. Sie nickte nur mit dem Kopf , denn gerade ihr war es nur zu bewusst, was auf sie zukommen würde. Pepino blickte in ihre Augen, aber alles, was er darin sah, war die Liebe zu ihm. Hätte er es besser nicht machen sollen? Aber dann hätten sie die letzten Wochen nichts mehr zu essen gehabt. Er fand keine Arbeit, so sehr er sich auch bemühte.

Sein Vater sagte zu ihm:

»Pepino, ich verstehe was in dir vorgeht, aber du hast getan, was du tun musstest, obwohl es eigentlich meine Aufgabe ist für die Familie zu sorgen«. Er wandte sich ab, damit niemand sehen konnte, dass ihm das Elend seiner Familie die Tränen in die Augen trieb. Maria legte ihrem Mann die Hand auf den Arm und streichelte ihn ein wenig. Sie verstand ihren Mann nur zu gut, aber er war nicht mehr der Jüngste und so beweglich wie Pepino war er auch nicht mehr. Er rang schon nach Luft, wenn er nur diesen kleinen Hügel zu ihrem Haus hinauf gehen musste. Wie schwer es ihm fiel konnte sie doch tagtäglich beobachten, wenn er von der Piazza wieder heim kam.

Sie setzten sich an den Tisch, denn die beiden Kleinen waren auch schon aus der Schule gekommen. Ihr Schweigen wurde nur durch das muntere Geplapper der Kinder unterbrochen.

Erst das laute Geschrei von Rosa, ihrer nächsten Nachbarin, ließ sie aufhorchen. So schnell sie konnte versuchte sie den Hügel hinauf zu rennen. Nichts Gutes ahnend ging Maria ihr entgegen und was sie dann von Rosa zu hören bekam, übertraf ihre schlimmste Vermutung. Vor einer Stunde waren die Männer des Baron in ihr Haus eingedrungen und hatten ihren Mann und ihren ältesten Sohn mitgenommen. Beide waren heute Morgen nicht auf der Piazza gewesen weil sie eine Erkältung plagte. Jeder Widerstand war zwecklos, denn je mehr sich die beiden gewehrt hatten, desto härter schlugen die Männer auf sie ein. Die letzten Worte der Nachbarin hatten auch

Pepino und sein Vater gehört. Nun war es also so weit. Der Baron hatte seine Häscher in das Dorf geschickt und die hatten ganze Arbeit geleistet. Rosa hatte sich auf einen Stuhl gesetzt und weinte still vor sich hin. Maria nahm sie in den Arm, aber ein Trost war es für Rosa auch nicht.. Alle hatten ein schlechtes Gewissen, denn das wäre ja nicht passiert, wenn Pepino nicht die nächtliche Diebestour unternommen hätte. Würden Vater und Sohn zu Rosa zurückkehren? Da waren auch noch die sechs Kinder, die versorgt werden mussten und ohne die beiden Männer sah es sehr schlecht um die Familie aus. Sie waren fast die einzigen aus dem Dorf, die noch bei dem Baron arbeiteten. War nun alles aus? Rosa war verzweifelt wie nie zuvor in ihrem Leben. Maria legte sich ihr dünnes schwarzes Tuch um die Schultern und wollte die Nachbarin begleiten, als diese sich vom Stuhl erhob, um sich wieder auf den Heimweg zu machen. Ihre Kinder waren in der Obhut des alten, kranken Großvaters geblieben. Eiligst machten sich beide Frauen auf den Weg zu Rosas Haus. Vielleicht waren die Männer bereits gekommen? Es war eher ein frommer Wunsch und sie sahen sofort, als sie beim Haus ankamen, dass die Kinder und der Großvater noch allein waren. Maria war sehr schweigsam, denn das Unglück, das jetzt auf

Rosas Familie lastete, war durch ihre Familie entstanden. Aber sie musste schweigen und schweren Herzen das Leid mit ansehen. Sie kochte schnell das Essen für die Familie, denn die Kinder mussten etwas zu essen bekommen. Auch dem alten Großvater knurrte bereits heftig der Magen. Währenddessen stand Rosa weinend vor der Haustür und schaute, ob ihre beiden Männer zurückkommen. Aber sie sah nichts und ihr Tränenfluss nahm kein Ende. Es zerriss Maria fast das Herz, die beste Freundin so leiden zu sehen. Sie deckte den Tisch und füllte jedem eine große Portion Pasta auf den Teller. Den Kleinsten fütterte sie, da er noch nicht alleine essen konnte. Als alle fertig gegessen hatten, machte sich Maria auf den Heimweg. Jeder Schritt fiel ihr schwer und sie konnte die Tränen nicht mehr zurück halten. Welch ein Unglück, was würde noch alles geschehen? Hatten die Häscher inzwischen auch ihren Mann und Sohn geholt? Diese Gedanken ließen ihr das Herz bis zum Hals schlagen und sie hatte das Gefühl, daran zu ersticken.

Doch als sie Nahe genug heran war, konnte sie die beiden vor dem Haus sitzen sehen. Maria war mit ihrer Kraft am Ende. Sie setzte sich auf einen Baumstamm, denn ihre Beine waren müde und schwer wie Blei. Sie musste einen kurzen Augenblick verschnaufen bevor sie den Rest des

Weges zurücklegen konnte. Pepino hatte seine Mutter beobachtet und lief ihr entgegen.

Er wusste sofort, dass die letzten Tage zu viel für seine Mutter waren......

Alle litten unter der Situation, doch, so sehr Pepino auch nachdachte, er wusste nicht, wie er die Situation der Familie und die der anderen Dorfbewohner ändern konnte.

Schon immer hatte die Familie des Barons hier im Dorf und in der Umgebung das sagen, zumal es der einzige Arbeitgeber weit und breit war.

Der Baron wusste das und fast jeder im Dorf bekam schon einmal seine Vormachtstellung zu spüren.

Gnadenlos herrschten er und seine Männer wenn jemand versuchte dagegen auf zu begehren.

Menschen verschwanden über Nacht; andere wurden zum Krüppel geschlagen und andere verloren ihre Arbeit bei ihm, was zur Folge hatte, dass diese Familien, wenn sie nicht fort gingen, auf das Wohlwollen der gesamten Gemeinschaft angewiesen waren.

Doch, die Armut wurde immer größer, kaum eine Familie hatte noch genug zu essen und das wenige, das sie hatten, gaben sie zuerst ihren Kindern.

Hunger machte sich breit.....

Wie sollte er, Pepino, das jemals ändern können?

Es war Mittag und der tägliche Zug aus Sizilien rollte langsam auf dem Bahnhof ein.

Nur ein Mann mit einem kleinen Koffer stieg aus. Die Sonne brannte vom Himmel und er zog seinen Hut tief in die Stirn um sich zu schützen. Einmal sah er sich noch um, um dann langsamen Schrittes zur Brücke zu gehen, die direkt zur Piazza und der Kirche führten.

Außer ihm war niemand um diese Zeit draußen. Es war die Zeit der Siesta.

Er blickte von der Brücke herab auf den Ort, als ob er sich orientieren wollte.

Er war fremd hier........

Vor ihm, im gleißenden Sonnenlicht, lag die Piazza, der Kirchturm glitzerte im Sonnenlicht und ringsherum waren einige weiße Häuser und die einzige Bar des Ortes zu sehen.

Davor das Meer mit seinem unendlichen Blau und den weichen sanften Wellen. Welch ein schöner und friedlicher Anblick.

Der Fremde drehte sich um und schaute auf die grünen Berge, die den Ort von der Rückseite abschirmten.

Doch, er sah auch den großen Palast auf einem der Berge und seine Miene verfinsterte sich fast schlagartig.

Deinetwegen bin ich hier, dachte er bei sich und setzte seinen Weg fort.

Er ging langsam die Treppe herab und sah einen alten Mann mit seinem Eselskarren die Straße entlang kommen. Wie bei mir daheim dachte der Fremde und beschloss, dem Alten entgegen zu gehen. Vielleicht kann er mir sagen, wo ich hier einen Platz zum schlafen finde.

Misstrauisch sah der Alte ihm entgegen. Was wollte der Fremde? Niemand sonst verirrte sich hierher, es sei denn, er wollte seine Verwandten besuchen.

...und ihn hatte er noch nie hier gesehen.

Michele ging zu ihm und nannte seinen Namen, denn das Misstrauen in den Augen seines Gegenüber war ihm nicht verborgen geblieben.

Mein Name ist Michele Albero und ich bin der Enkel von Fausto Monte.

Als der Alte den Namen des Großvaters hörte, erhellte sich sein Gesicht und er blickte den Fremden freundlich an.

Ich kann mich nur noch knapp an deinen Großvater erinnern, ich war damals sehr klein; dein Großvater war der beste Freund meines Vaters, bis er plötzlich über Nacht verschwand und niemand wusste, wo er mit seiner Familie hingegangen ist. Keiner hat jemals wieder etwas von der Familie gehört.

Du bist willkommen sagte der Alte, klettere auf meinen Karren und ich nehme dich mit in mein Haus. Meine Familie wird sich freuen und es gibt viel zu bereden.

Bleibe bei uns so lange du willst.

Ich bin übrigens Lorenzo Ciaccio sagte er zu Michele.

Oh, an den Namen erinnere ich mich auch; mein Großvater hatte ihn oft erwähnt.

Beide Männer reichten sich in Freundschaft die Hand.

Lorenzo setzte seinen Esel in Trab und schon in kürzester Zeit waren die beiden Männer an seinem Haus angelangt. Michele sprang vom Karren herunter und in diesem Moment trat auch schon die Frau von Lorenzo vor die Tür um zu schauen, wen ihr Mann mitgebracht hatte. Neugierig musterte sie den Fremden. Michele nahm seinen kleinen Koffer vom Karren und ging gemeinsam mit Lorenzo auf das Haus zu. Dort angekommen, erzählte Lorenzo sofort seiner Frau wen er mitgebracht hatte. Erstaunt hörte sie ihm zu. Aber dann ging ein strahlen über ihr Gesicht und sie ging auf Michele zu und umarmte ihn herzlich. Sei willkommen , auch ich habe schon viel von deiner Familie gehört. Komm herein und iss mit uns, das Essen ist fertig und die anderen kommen auch gleich. Deine Sachen kannst du in die Kammer stellen und ein Bett richte ich dir nach dem Essen.

Michele fühlte sich sichtlich wohl und war froh, dass er sofort im richtigen Haus gelandet war. Das war mehr, als er erhofft hatte, als er von Sizilien abreiste.

Er ging sich frisch machen und als er zurück kam, war bereits der Rest der Familie versammelt und wartete auf ihn um ihn ebenfalls willkommen zu heißen.

Nachdem die sich alle ausreichend begrüßt und umarmt hatten, setzten sie sich an den bereits gedeckten Tisch.

Die Kinder konnten es noch gar nicht fassen, dass heute ein Gast mit am Tisch saß, dazu noch ein Fremder und starten ihn unentwegt an.

Michele musste lachen; er liebte Kinder über alles und dachte dabei an seine vier Kinder zu Hause auf Sizilien.

Die Spaghetti und der Wein schmeckten köstlich und unter vielem Geschnatter und lachen wurde es ein lustiges Abendessen. Alle waren satt und zufrieden.

Die Kirchenglocken läuteten zur Abendmesse und Lorenzos Frau drängte zum Aufbruch. Die anderen schauten verwundert, aber niemand fragte oder widersprach. Die Frauen warfen sich ihre Tücher um die Schultern, schnappten sich die Kinder und gingen eiligen Schrittes zur Kirche. Die beiden Söhne der Familie wollten in der Bar auf der Piazza einen Espresso trinken und schauen, ob vielleicht noch Freunde dort sind mit denen sie ein wenig plaudern konnten.

Allen war klar, dass die beiden Männer unter sich bleiben sollten.

Und so geschah es, Lorenzo und Michele blieben allein zurück.

Magst du noch ein Glas Rotwein, fragte Lorenzo und als Michele nickte, goss er zwei Gläser voll und stellte sie auf den Küchentisch.

Michele bedankte sich noch einmal für die Gastfreundschaft und. Wie froh er ist, in diesem Haus willkommen zu sein.

Als Enkel eines sehr guten Freundes des Hauses bist du hier immer gerne gesehen; betrachte mein Haus als dein Haus. Wir sind eine Familie.

Aber, Michele, du sollst auch wissen, dass ich es ahne, dass du nicht ohne Grund den Weg von Sizilien hier herauf gemacht hast. Ich lebe schon zu lange und kann es fühlen. Wenn du mir etwas sagen möchtest, dann sprich jetzt, wo wir ganz alleine unter uns sind.

Michele sah Lorenzo an und in seinen Augen konnte er lesen, dass niemand ihm etwas vormachen konnte. Aber das wollte Michele auch nicht und so fing er an zu erzählen.

Damals, vor vielen Jahren, als mein Großvater mit seiner ganzen Familie über Nacht von hier verschwand, war etwas vorgefallen. Der Vater des jetzigen Barons hatte eine der Töchter meines Großvaters von seinen Männern vergewaltigen lassen um damit Druck auf meinen Großvater auszuüben. Vielleicht erinnerst du dich, mein Großvater war ein Gegner des alten Barons und seinen Machenschaften und versuchte ihn zu bekämpfen, wie und wo er nur konnte. Der alte Baron ließ daraufhin diese furchtbare Tat an dem unschuldigen Mädchen geschehen.

Lorenzo, du kennst unsere uralten Gesetze; ein vergewaltigtes Mädchen ist eine große Schande. Entweder der Vergewaltiger heiratet sie oder sie wird von der Familie getötet.
Beides kam für meinen Großvater nicht in Frage. Er liebte seine Kinder abgöttisch und das furchtbare Geschehen an seiner jüngsten Tochter raubte ihm fast den Verstand. Also beschloss er von hier fort zu gehen. Irgendwo hin, wo ihn und seine Familie niemand kannte. So bestiegen

sie den Zug in Richtung Schweiz. Dort lebten sie viele Jahre, denn die Behandlung seiner jüngsten Tochter dauerte sehr lange. Bis sie wieder ein normales Leben führen konnte waren Jahre verstrichen. Ganz vergessen konnte niemand jemals die Tat. Später zog die ganze Familie dann nach Sizilien, dorthin, von woher ich heute gekommen bin.

Ich war damals noch nicht geboren, aber mein Vater hat mir die ganze Geschichte erzählt und als ich vor einigen Tagen von einem Bekannten hörte, dass der jetzige Baron, der Sohn des alten Barons, ebenso unmenschlich hier herrschte und sein Unwesen trieb, da war mir klar, ich muss gehen und dem Unrecht ein Ende bereiten; für diese Menschen hier und vor allem Rache, für das, was meiner Familie angetan wurde.

Darum bin ich hier......

Ich bin ein - "uomo d'onore" ein Mann der Ehre!

Als ich heute über die Brücke ging und einen Blick zurück warf, da sah ich es, das prachtvolle Anwesen des Baron und in mir stieg eine Wut auf, die mich fast erstickte.

Lorenzo starrte Michele wortlos an. Er war nicht imstande auch nur die kleinste Reaktion zu zeigen. Diese Aussage hatte er nicht erwartet, aber er war nicht etwa wütend oder verängstigt darüber; nein, im Gegenteil, Lorenzo schöpfte Hoffnung, dass es nun bald um den Baron geschehen ist und sein kleines Heimatdorf nach jahrzehnten der totalen Unterdrückung wieder aufatmen konnte.

Lorenzo, du darfst niemandem von diesem Gespräch erzählen, weder deiner Frau, noch deinen Kindern oder dem Pfarrer; denn ab jetzt gilt das uralte Gesetz des Schweigens auch in dieser Angelegenheit.

Missachtet es nur einer von uns beiden, sind wir beide tot, denn meine -FAMILIE- ist zu allem bereit und ein Verrat ist tödlich.

Lorenzo nickte; er hatte nur zu gut verstanden.

Er nippte an seinem Rotweinglas.......

(c) Syna Ester   3. Juni 2017

Auch heute brannte die Sonne erbarmungslos auf das kleine Dorf. Es war ein heißer Sommer; viel heißer, als in den vergangenen Jahren. Die Menschen hatten sich in ihre Häuser zurück gezogen, da es draußen unerträglich war. Kein Wind regte sich um etwas Linderung zu bringen. Sie waren die heißen Sommer gewohnt, aber heute war es selbst um 11.00 Uhr schon zu heiß. Die Piazza war menschenleer; keiner der Männer des Dorfes wollte heute dort sitzen, zumal es nirgends ein schattiges Plätzchen gab gab.
Eine himmlische Ruhe lag über dem Dorf.....

Plötzlich wurde diese Stille durch lautes schreien unterbrochen. Markerschütternde Schreie hallten von der Piazza herüber.
Was war das? Wer schrie so verzweifelt?
Es musste etwas schreckliches passiert sein.
Eiligst kamen die Menschen aus ihren Häusern und liefen, so schnell es ihnen möglich war, zur Piazza.
Schon von unterwegs konnten sie die Stimme, die ununterbrochen schrie, erkennen.
Es war Pepino, der sich die Seele aus dem Leib schrie, schluchzte und schrie, schluchzte und schrie. Es war markerschütternd anzuhören. Auf der Piazza angekommen, sahen sie dort Pepino auf den Knien liegend und mit erhobenen

Hauptes zum Himmel schreien. Sein Gesicht war stark angeschwollen und Tränen liefen über sein Gesicht. Ein Anblick, der den Dorfbewohnern den Atem stocken ließ.

Auch der alte Lorenzo und Michele waren durch das Schreien hochgeschreckt von ihren Stühlen und nach draußen gerannt.

Da Lorenzo jeden Dorfbewohner kannte, fasste er sich ein Herz und ging auf Pepino zu. Er sah den Wahnsinn in den Augen des jungen Mannes und er verstand, dass schnell gehandelt werden muss, damit Pepino aus diesem Zustand wieder erwacht und er nicht auf Dauer darin gefangen ist. Er schrie laut nach dem Dorfarzt und sofort rannte einer los um diesen zu holen. Der alte Arzt war schon etwas schwerhörig und hatte dadurch wohl nichts mitbekommen, denn sonst wäre er auch zur Piazza gekommen.

Es dauerte nicht lange und der junge Mann kam mit dem Arzt zurück. Dieser erkannte den Ernst der Lage sofort und öffnete seinen Arztkoffer um eine Spritze aufzuziehen. Er deutete einigen Männern Pepino festzuhalten damit er ihm die Spritze geben konnte.

Die Spritze wirkte schnell und Pepino sank mit einem heiseren Schrei in sich zusammen.

Stumm blickten alle auf das Bündel Mensch , das dort auf der Piazza lag.

Michele hatte sich zu dem Vorfall seine Gedanken gemacht und er sagte zu Lorenzo, der neben ihm stand und gas Geschehene noch gar nicht fassen konnte, nehmen wir ihn erst einmal mit zu dir, ich denke, er hat uns eine Menge zu berichten.

Der schreiende und völlig außer sich geratene Pepino hatte ihn an seinen Großvater erinnert. So musste es seinem Großvater damals auch ergangen sein. Michele war sich sicher, dass nur der Baron dahinter stecken konnte; er und seine Gehilfen waren die einzigen Unmenschen hier im Ort.

Lorenzo war sofort mit Micheles Vorschlag einverstanden und er sagte zu seinem Sohn, der neben ihm stand, lauf und hole schnell den Eselskarren damit wir Pepino transportieren können. Fausto rannte los.....

Graziano, du solltest auf den Berg gehen und der Familie sagen, dass Pepino heute nicht nach Hause kommt und die Nacht bei uns verbringen wird. Es ist auch besser, denn falls der Arzt nochmals benötigt werden sollte, waren sie näher dran an seinem Haus; sonst müsste einer erst vom Berg herunter laufen und um ihn holen. Das würde zu viel Zeit kosten, denn zu Fuß würde es eine Ewigkeit dauern bis der alte Arzt den Berg erklommen hat. Graziano machte sich sofort auf den Weg. Sein Herz schlug wild, war doch Pepino ein guter Freund von ihm und er kannte die ganze Familie gut. Aber nun diese schlechte Nachricht überbringen, das war auch für ihn nicht leicht, zumal er ja noch nicht einmal wusste, was eigentlich geschehen war, dass Pepino so außer Rand und Band war. Es musste etwas sehr schreckliches passiert sein.

Schritt für Schritt stapfte er den Berg hinauf und nun sah er auch schon das kleine Weiße Haus von Pepinos Familie.

Sehen konnte er niemanden; seltsam......

War doch sonst immer die Tür offen und die Kinder spielten vor dem Haus. Auch von Pepinos Mutter oder Vater war niemand zu sehen.

Es war alles so ruhig und ihm wurde ganz flau im Magen.

Was, wenn.......; er wagte es nicht, den Gedanken zu Ende zu denken.

Zaghaft klopfte Graziano an die Tür, aber niemand kam um zu öffnen. Er klopfte nochmals etwas lauter und rief ihre Namen.

Nach einer kleinen Weile ging langsam die Tür auf und Graziano trat ein. Was er dann erblickte, ließ ihm das Blut in den Adern erfrieren. Maria, die Mutter von Pepino, hatte ein blutiges, dick angeschwollenes Gesicht und das ein Auge war kaum noch zu erkennen. Graziano schossen die Tränen in die Augen und er wollte sie umarmen. Aber Maria wehrte ab. Komm, sagte sie, es ist nicht so schlimm, mein Mann ist viel schlimmer dran und erst der kleine Luciano, ihn haben sie mit dem Kopf gegen die Wand geschmissen und gelacht. Maria konnte ihre Tränen nicht zurückhalten; wie ein Wasserfall ergossen sie sich über ihr Gesicht und das Salz brannte in ihren Wunden. Meinem Mann haben sie ein Bein gebrochen. Ich konnte es mit einem Brett und Bandagen so einigermaßen schienen. Ob es reicht weiß ich nicht, aber was hätte ich anderes tun können? Sprich leise sagte Maria zu Graziano, ich bin froh, dass beide eingeschlafen sind.

Pepino musste alles mit ansehen. Er konnte uns nicht helfen, denn drei der Männer hielten ihn fest. Es war zu viel für ihn und er rannte schreiend aus dem Haus. Ich konnte nicht hinterher, ich musste doch bei Luciano und meinem Mann bleiben. Lucano lag bewusstlos auf dem Boden und mein Mann konnte sich nicht mehr bewegen. Ich dachte schon, er wäre tot, aber der Schmerz ließ ihn erstarren.

Maria ging zu ihren kleinen Sohn und schaute nach ihm. Erneut floss ein Schwall von Tränen aus ihren Augen.

Es muss ein Ende haben flüsterte sie.......

Graziano hatte ihre leisen Worte gehört und nahm sie in seine Arme. Er brauchte nicht zu fragen, wer das angerichtet hatte, es gab nur einen...der Baron mit seinen Häschern-.

Nachdem Maria sich etwas beruhigt hatte, setzten sich beide hin und nun konnte Graziano ihr erzählen, warum er gekommen war. Er erzählte ihr, was sich auf der Piazza abgespielt hatte und, dass Pepino nun im Haus seines Vaters ist und dort erst einmal bleiben wird. Das beruhigte Maria etwas; sie wusste nun, dass ihr Sohn bei lieben Menschen ist und nicht irgendwo alleine umher irrt.

Maria, wenn es euch hilft, werde ich die Nacht hier bleiben und dir zur Seite stehen. Maria nahm dankend an und sie sagte, ich bin froh, dass die anderen Kinder nicht auch noch im Haus waren; wer weiß, was sie mit den Mädchen gemacht hätten.

Sie sind bei Zia Franca, sagte sie zu Graziano.

Morgen werde ich mich darum kümmern, dass dein Mann von Salvatore mit dem Auto abgeholt wird und er ihn zum Krankenhaus fährt, damit sein Bein richtig versorgt wird. Die Fahrt ist lang, aber es musste sein, wenn er wieder richtig laufen wollte. Wir nehmen dich und Luciano mit hinunter zum Arzt und im vorbei fahren sagen wir Zia Franca Bescheid, dass sie die drei Kinder noch eine Weile bei sich behalten muss. Du kannst dann mit Luciano bei uns übernachten. Ich denke, so ist es am Besten, denn dann kannst du auch gleich Pepino sehen.

Maria war einverstanden. Sie zeigte Graziano wo er sich hinlegen konnte. Sie selber blieb am Tisch sitzen. Zu sehr war sie noch immer aufgewühlt von diesem schrecklichen Geschehen.

Graziano, der auch nicht hatte schlafen können, stand schon vor Sonnenaufgang auf um sich auf den Weg zu machen und alles zu organisieren. Leise sagte er zu Maria, die ihren Kopf auf den Küchentisch gelegt hatte, in zwei Stunden bin ich zurück. Er strich ihr noch einmal über das Haar und dann verschwand er aus der Tür.

Maria erhob sich von ihrem Stuhl und schaute abermals nach ihrem Kind und ihrem Mann; so, wie sie es die ganze Nacht tat. Ihr Gesicht war noch immer geschwollen und schmerzte. Aber, was war schon der eigene Schmerz gegen den Schmerz der anderen. Der kleine Luciano, wird er es jemals überwinden können was ihm diese Verbrecher angetan haben? Das Bild vor ihren Augen würde nie verschwinden und das Gefühl von Hilflosigkeit und Ohnmacht, ihr Kind nicht beschützen zu können. Sie hatte ein Gefühl, als würde ihr Herz in tausend Stücke zerspringen.

Gott im Himmel, wo warst du in unserer Stunde der Not? Ist es dein Wille, dass meine Familie, mein kleiner Sohn so leiden musste?

Tränen liefen über ihr Gesicht.....

Völlig außer Atem kam Graziano zu Hause an und weckte sofort seinen Vater; dieser ging sofort zur Kammer von Michele um auch ihn zu wecken. Die drei Männer setzten sich an den Küchentisch und Graziano begann zu erzählen, was sich im Hause von Pepino abgespielt hatte. Schweigend hörten sie zu und unterbrachen ihn nicht.

Jetzt laufe ich schnell zu Salvatore, damit er sich mit dem Auto bereit machen kann, um auf den Berg zu fahren. Eile ist geboten, sagte er und ging.

Michele sah den alten Lorenzo an und sagte zu ihm, so etwas habe ich mir schon gedacht. Die Zeit ist gekommen etwas zu unternehmen und wenn Pepino wieder ansprechbar ist, werde ich ihm meinen Plan mitteilen. Es wird eine schwere Entscheidung werden für ihn, aber die einzige Möglichkeit um dem hier ein Ende zu bereiten.

Mittlerweile war auch Lorenzos Frau aufgewacht und sie sah sofort, dass es etwas schreckliches gewesen sein muss, was der Familie zugestoßen ist. Sie fragte nicht und schweigend kochte sie den Kaffee für sich und die Männer.

Das war eine Sache unter den Männern und sie hielt sich da raus. Ihr Mann würde schon wissen, was zu tun ist. In diesem Moment hupte es vor der Haustür und Graziano rief kurz, dass sie jetzt die anderen vom Berg holen. Schon fuhren sie im rasanten Tempo wieder ab.

Eine Stunde später kamen sie zurück und Maria und der kleine Luciano gingen in das Haus von Lorenzo, wo fast die gesamte Familie schon auf sie gewartet hatte; nur die Kinder schliefen noch.

Lorenzos Frau nahm Maria und den kleinen Luciano sofort in ihre Arme und führte sie in ihr Schlafzimmer. Dort sollten sich die beiden hinlegen und auf das Eintreffen des Dorfarztes warten. Dankbar nahm Maria ihr Fürsorge an.

Es tat gut jemanden zu haben, der sich mit ihr sorgte.

Kurze Zeit später stand Pepino auf einmal in der Küche. Alle Blicke waren auf ihn gerichtet, aber er wirkte heute völlig normal und wieder ansprechbar. War das vorhin nicht die Stimme meiner Mutter, fragte er? Ja, sie und dein kleiner Bruder sind im Schlafzimmer und warten darauf, dass der Arzt kommt. Pepino ging hinüber zum Schlafzimmer und öffnete die Tür. Da sah er sie beide schlafen und er zog sich leise zurück, Ein Glück, dass sie hier sind in Sicherheit. Aber wo ist mein Vater, fragte er und blickte die anderen an? Dein Vater ist mit Salvatore und Graziano im Auto auf dem Weg zum Krankenhaus in die Stadt. Das Bein deines Vaters muss in Gips gelegt werden, damit es wieder richtig anwachsen kann und er später laufen kann; wenn alles gut geht.

Pepino war erleichtert und leise sagte er -DANKE-, ich danke euch allen aus tiefsten Herzen.

Komm, trink einen Espresso, sagte Lorenzos Frau, den kannst du jetzt gut gebrauchen und iss auch etwas süßes Brot dazu. Du wirst für die kommende Zeit deine ganze Kraft gebrauchen. Deine anderen Geschwister sind bei Zia Franca und sie können dort bleiben, so lange es die Situation erfordert. Um sie brauchst du dir keine Sorgen zu machen. Ein wenig beruhigt, tat er wie ihm geheißen; er trank den Kaffee und steckte sich etwas süßes Brot in den Mund. Zu mehr, war sein Körper noch nicht bereit.

Auch er hatte Schmerzen von den Schlägen, der Männer des Barons, aber die seelische Qual ging tiefer.

Morgen werden wir reden, sagte Michele zu Pepino, heute kannst du dich noch ausruhen und versuchen zu schlafen.

Pepino nickte nur und zog sich wieder in seine Kammer zurück. Er warf sich auf die Matratze und im Handumdrehen fiel er in einen tiefen Schlaf. Er hörte es nicht mehr, dass der Arzt gekommen war, um sich um seine Mutter und den kleinen Bruder zu kümmern.

Taghell war es bereits, als Pepino erwachte und sich erstaunt umsah. Wo war er?

Dann fiel es ihm wieder siedend heiß ein. Er war im Haus von Lorenzo und seine Mutter und der Bruder ebenso. Sofort kamen ihm die Bilder des Schreckens wieder in den Sinn und er spürte seine schmerzenden Glieder. Aber es half alles nichts, er musste aufstehen und er erinnerte sich an die Worte, die Michele gestern zu ihm sagte, dass es heute etwas zu bereden gab. Er zog seine Hose und sein Hemd an, wusch sich das Gesicht und begab sich anschließend zu den anderen in die Küche.

Dort wartete bereits ein Tasse Kaffee auf ihn.

Er setzte sich auf einen der Küchenstühle und trank einen großen Schluck des süßen Getränk.

Das tat sehr gut und er konnte spüren, wie seine Lebensgeister erwachten.

Emsiges Treiben machte sich breit, denn die Kinder mussten in die Schule und wer Arbeit hatte, musste ebenfalls los. Nachdem sie das Haus verlassen hatten, blieben nur noch er, Pepino, Michele, Lorenzo, dessen Frau und seine noch schlafende Mutter mit dem Bruder zurück.

Geht nur, sagte Lorenzos Frau, ich kümmere mich gut um die beiden.

Die Männer machten sich auf den Weg zu den Hügeln. Wussten sie doch nur all zu gut, dass es überall Augen und Ohren gab. Lorenzo und Pepino kannten sich in den Hügeln gut aus und so wurde schnell ein Platz gefunden, der ihnen Sicherheit bot.

Sicherlich hast du dich bereits gewundert und dich gefragt, wer ich bin und was ich hier bei Lorenzo mache sagte Michele zu Pepino. Ich will es dir kurz erklären und er verschwieg auch nicht, das er ein Mitglied der -FAMILIE- war und zwar der sizilianischen -FAMILIE, der Cosa Nostra. Pepino hörte ihm erschreckt zu.

War die Cosa Nostra nicht verfeindet mit der hiesigen -Calabresischen Ndrangheta-?

Wieso war Michele als gebürtiger Calabrese Mitglied der verfeindeten Mafia? Großer Gott, das dürfte hier niemand erfahren, denn dann wäre es um sein Leben geschehen. Pepino schnappte nach Luft. Er hatte mit allem gerechnet, aber damit weiß Gott nicht! Deshalb also dieses geheimnisvolle.

Aber vor dem Hintergrund seiner traurigen Familiengeschichte war es auch verständlich , dass er sich der Cosa Nostra angeschlossen hatte. Es hatte Jahre gedauert, bis sie ihn als einen der Ihren akzeptiert hatten, denn das Misstrauen war allgegenwärtig. Doch nun er ihr Vertrauen und deshalb konnte er hierher kommen und jede Hilfe bekommen, die er benötigte um seine Rache zu vollziehen. Er wollte die geschändete Ehre seiner Familie rächen; das war er seinem Großvater, seiner Tante und der ganzen Familie schuldig.

Pepino, ich bin nicht alleine gekommen, viele von uns sind hier, aber sie halten sich unauffällig und bedeckt in der Umgebung auf. Hier unten im Dorf würden sie Aufsehen erregen und das wollten sie auf keinem Fall. Schließlich waren sie in ein fremdes Territorium eingedrungen und das war ein absolutes Tabu. Keine der Mafia Familien duldete so etwas und wer dagegen verstieß und erwischt wurde, bezahlte es mit dem Leben.

So viel Verständnis die Cosa Nostra für Micheles Rachefeldzug hatte und ihn dabei unterstützte, so wenig Verständnis hätte die Calabresische Ndrangheta,, zumal der Baron und seine Häscher Mitglied dieses Mafiazweig sind.

Den drei Männern war klar, entweder sie sterben oder gewinnen und zu Letzterem waren sie fest entschlossen nach allem was vorgestern wieder passiert war. Ganz zu schweigen, von der jahrelangen Tyrannei durch die Familie des Barons, die Mitglied der hiesigen Mafia Familie ist.

Nur, du musst dir darüber im klaren sein, dass du, wenn du mitmachen willst, einer von uns bist, sagte Michele zu Pepino und das wirst du ein Leben lang bleiben. Unter Umständen heißt es für dich deine Familie und Italien Land zu verlassen. Du wärst ein Fremder in der Fremde.

Überlege es dir gut und schweige über alles, was wir hier besprochen haben. Heute Nacht wird jemand zu uns kommen und eine Antwort von dir verlangen.

Pepino nickte, denn sprechen konnte er in diesem Moment nicht.

Also, lasst uns gehen und so tun, als hättet ihr mir die Umgebung gezeigt. Michele fing an, ein fröhliches Lied zu pfeifen und so schlenderten sie über die Hügel zu Lorenzos Haus.

Nichts deutete darauf hin, dass die drei Männer ein folgenschweres Gespräch hinter sich hatten.

Lorenzos Frau sah die Drei schon von weiten und ging schnell in die Küche um das Wasser für die Pasta auf zu setzen, denn mittlerweile war es Mittag und die Kinder kommen auch bald aus der Schule. Maria und Luciano lagen auf einer Decke unter dem Olivenbaum vor dem Haus. Jetzt konnten auch sie die Männer sehen und Maria freute sich, dass es ihrem Sohn wieder besser ging; äußerlich. Doch seine Seele weinte, das wusste sie. Maria kannte ihren Sohn, wie alle ihre Kinder, nur zu gut.

Pepino lief auf seine Mutter zu und umarmte sie und auch Luciano, seinen kleinen Bruder schloss er liebevoll in seine Arme. Sie freuten sich, dass sie wieder beieinander waren; nun musste nur noch der Vater zurück kommen und dann könnten sie die anderen Kinder bei Zia Franca abholen und wieder nach Hause gehen. Aber wollten sie das wirklich? Zurück in das Haus, in dem ihnen so furchtbares angetan wurde? Dieser Gedanke ging Maria durch den Kopf, aber sie behielt ihn für sich, denn es haben schon Generationen ihrer Familie vor ihnen in dem kleine Haus gelebt.

Pepino erzählte ihnen, dass er mit Lorenzo und Michele einen Spaziergang durch die Umgebung gemacht hatte um Michele, der doch fremd hier war, etwas von der Schönheit der Landschaft zu zeigen. Verständnisvoll nickte seine Mutter und für dich, mein Sohn, war es auch gut, dachte sie bei sich.

Pepino nahm Luciano auf den Arm und ging mit ihm in das Haus und Maria folgte ihnen.

Lachend und schreiend kamen auch schon kurz darauf die Kinder aus der Schule angestürmt und freuten sich auf das Essen. Hände waschen nicht vergessen, erscholl laut die Stimme von Lorenzos Frau und wie von der Tarantel gestochen rannten die Kinder zu der Waschschüssel. Dabei spritzten sie sich nass und hatten ihren Spaß, bis auch noch der letzte Tropfen auf irgendeinem Kind landete. So ging es jeden Mittag und alle hatten es aufgegeben etwas dagegen zu sagen. Dalli, dalli, auf eure Plätze rief nun Lorenzo dem das Ganze heute einfach zu viel wurde. Die Kinder gehorchten sofort, denn den rauen Ton waren sie von Lorenzo nicht gewohnt. Lorenzos Frau gab jedem einen Teller mit Pasta und einer leckeren Tomatensauce. Wenigstens für einen Moment war Ruhe im Haus.

Als sie fast fertig mit dem Essen waren, hielt ein Auto vor der Tür und lautes Hupen ertönte. Sofort liefen die ersten nach draußen, denn das konnten nur Salvatore, Graziano und Pepinos Vater sein. Außer Salvatore hatte sonst keiner hier ein Auto.

Richtig, sie waren es und Marias Mann war auch dabei. Er saß hinten auf der Rückbank und hatte sein eingegipstes Bein während der Fahrt darauf gelegt; anders hätten sie ihn auch kaum nicht transportieren können. Ihn wieder raus zu bekommen war ein hartes Stück Arbeit, aber mit vereinten Kräften schafften sie es. Zwei Männer machten mit ihren Armen und Händen einen Sitz um Pepinos Vater in das Haus zu tragen, da er noch keine Krücken hatte um sich selber fort zu bewegen. Außerdem hätte er es auch gar nicht geschafft, er war noch nie an Krücken gegangen und musste es erst lernen.

Salvatore hatte es eilig und konnte die Einladung zum Essen nicht annehmen. Seine Frau war schwanger und er wurde zu Hause gebraucht. Da er wusste, dass alle im Haus von Lorenzo blieben, gab es nun keinen Grund mehr für ihn noch länger zu bleiben und er machte sich schleunigst auf den Weg. Ein lautes Hupen und weg war er.

Ihr könnt gleich essen sagte Lorenzo, kommt zu Tisch. In dem Moment fiel ihm ein, dass Pepinos Vater ja nicht laufen konnte und so stellte er ein kleines Tischchen vor ihm auf. Für den Moment muss es so gehen sagte er, dann kannst du dich nach dem Essen gleich hier lang machen und ausruhen von den Strapazen; morgen sehen wir weiter.

Die Frauen wuschen das Geschirr ab und die Männer hatten sich vor dem Haus versammelt um ihre Zigaretten zu rauchen. Sie bedienten sich aus dem Weinkrug und redeten über dieses und jenes. Viel Neues gab es eigentlich nicht, aber genug Gesprächsstoff fanden sie immer.

Maria hatte ihren Sohn schlafen gelegt, da ihm der Arzt Ruhe verordnet hatte,. Luciano hatte eine schwere Gehirnerschütterung und eine sehr tiefe Platzwunde am Kopf. Er musste sich unbedingt schonen. Etwas gegessen und getrunken hatte er ja und so war es gut, dass er jetzt schlief.

So verging der Nachmittag ohne weitere Vorkommnisse. Um 17.00 Uhr mussten die Kinder noch einmal für 2 Stunden in die Schule und die Erwachsenen, die nicht mehr arbeiten mussten, konnten es sich unter dem Olivenbaum gemütlich machen. Niemand schnitt das Thema über den abscheulichen Vorfall an. Ein Korb mit Kirschen stand auf der Wiese und jeder bediente sich daraus wenn ihm danach war.

Zwischenzeitlich war Luciano aufgewacht und Pepino hatte ihn nach draußen geholt zu den anderen. Gut geschützt vor der Sonne lag er unter dem Baum und seine Mutter hatte sich zu ihm gesetzt. Es schien, als wäre die Welt für einen kleinen Augenblick in Ordnung. Allerdings nur so lange man nicht auf den verbunden Kopf von Luciano schaute oder in das noch immer geschwollene Gesicht mit dem blutunterlaufenem Auge von Maria. Pepino sah auch nicht besser aus und sein Vater mit dem Gipsbein ebenso wenig.

….und doch, es war ein Moment des Friedens.

So verging der Nachmittag und der Abend und als alle zu Bett gingen, blieben nur noch Michele und Pepino in der Küche sitzen. Michele schloss leise die Tür und machte das Licht aus. Er zündete die Kerze an, die auf dem Tisch stand. Dann setzte er sich wieder zu Pepino und fragte ihn, wie dieser sich entschieden hat. Bist du dabei, wirst du einer von uns oder nicht?

Die beiden Männer blickten sich in die Augen und Pepino nickte; ja, ich will einer von euch sein und ich bin froh, dass du hier bist; für deine Sache und um mir und dem ganzen Dorf zu helfen. Gemeinsam sind wir stärker und können unser Ziel erreichen.

Gut, ich gebe deine Antwort weiter.

In diesem Moment wurde auch schon ein kleines Steinchen an das Küchenfenster geworfen. Michele legte den Finger über den Mund und gebot damit Pepino sich still zu verhalten.

Da, noch einmal klirrte es leise an der Scheibe. Wenn jetzt der Schrei eines Käuzchen ertönt, dann war es so weit und tatsächlich, in diesem Moment rief das Käuzchen.

Du bleibst hier, sagte Michele leise zu Pepino, ich gehe zum Fenster um das vereinbarte Signal zu geben. Am Fenster angekommen, schob Michele die Gardine beiseite, öffnete das Fenster und steckte sich ein Zigarette an. Genüsslich blies er den Rauch in die Nacht.

Wieder ertönte der Ruf des Käuzchens.

Michele schloss das Fenster, machte die Gardine wieder davor und setzte sich wieder zu Pepino. Von nun an bekommen wir Nachrichten von der -FAMILIE-. Sie teilen uns mit, was, wann, wie und wo wir etwas tun müssen; gute Nacht, Pepino ich werde jetzt schlafen gehen.

Niemand hatte bisher sonderlich Notiz von dem kleinen Schnellboot genommen, das seit Tagen im Hafen lag. Männer waren dabei, das Boot zu reinigen und ihm einen neuen Anstrich zu verpassen. Nichts außergewöhnliches, kamen doch des öfteren die kleine Boote von Sizilien hier zum ankern. Manchmal nur für Stunden, während andere auch ein paar Tage blieben. Eigentlich war es auch kein richtiger Hafen, sondern nur einige Anlegestege um Boote dort fest zu machen.

So sah niemand etwas, was er an anderen Tagen dort nicht auch würde sehen können.

Der neue Tag konnte beginnen. So, wie es aussah, wurde es wieder ein heißer Tag. Schon jetzt war die Wärme der Sonne zu spüren und es sah nicht danach aus, als ob etwas Regen eine kleine Abkühlung bringen würde. Gut, es war Hochsommer und die Menschen hier waren die Hitze gewohnt, aber in diesem Jahr war sie an manchen Tagen unerträglich. Obwohl sie das Meer vor der Haustür hatten, waren sie nicht täglich dort um sich etwas zu erfrischen. Gut, die Kinder liefen in ihrer freien Zeit zum Strand um dort zu spielen, aber die Erwachsenen saßen lieber im Schatten unter ihren Olivenbäumen.

Lorenzos Frau war früh aufgestanden und weckte nun die restliche Familie. Maria, Luciano. Pepino und Michele ließ sie noch schlafen. Sie schaute kurz bei Pepinos Vater rein, aber der schlief zum Glück auch noch.

Sie machte das Frühstück, damit alle zeitig das Haus verlassen konnten und keiner zu spät zur Arbeit oder in die Schule kam.

Eine kurze Verabschiedung und sie saß mit ihrem Mann allein in der Küche. Beide tranken noch einen Espresso bevor dann auch für sie die täglichen Tätigkeiten begannen.

Wie jeden Tag fuhr Lorenzo mit dem Eselskarren zum Markt um für die Familie das benötigte zu besorgen. Jeden Tag gab es alles frisch; Konserven oder Tiefgefrorenes kannten sie nicht. Es war das ursprüngliche Leben wie sie es seit jeher gewohnt waren und die Produkte kamen alle aus der Umgebung. Der eine hatte dieses, der andere jenes; so konnten sie alle voneinander profitieren und halfen sich damit gegenseitig.

Auch sonst war der Zusammenhalt der kleinen Dorfgemeinschaft groß. Man kannte sich von klein auf an und jeder war für den anderen zur Stelle wenn Not am Mann war oder jemand dringend Hilfe benötigte.

Alleine hätte hier niemand existieren können; an brauchte einander.

Nach und nach waren auch alle anderen im Haus aufgewacht, hatten ihren Kaffee getrunken und warteten nun auf den Arzt, der heute kommen wollte. Pepinos Vater tat sich schwer mit seinem Gipsbein und er hatte sich wieder auf seine Matratze gelegt. Der Arzt hatte versprochen, ihm heute Krücken mit zu bringen, damit er hier schon beginnen konnte damit laufen zu lernen. Maria sah zwar noch etwas ramponiert aus in ihrem Gesicht, doch der Schmerz war weniger geworden. Der kleine Luciano fühlte sich heute auch besser und es war schwer, ihn davon zu überzeugen, dass er sich noch eine ganze Weile schonen musste und am besten liegen blieb.

Wie Kinder eben so sind; sie wollen rennen und toben. Nachher konnte er wieder unter dem Olivenbaum liegen und alles um sich herum beobachten. Ab und an nahm Maria ihn hoch, setzte ihn zwischen ihre Beine und legte seinen Kopf auf ihre Brust, damit er, gut gestützt, sitzen konnte.

Es wird schon wieder, nur Geduld.......

Michele fragte Pepino ob er nicht Lust auf einen kleinen Spaziergang am Meer hätte. Pepino willigte ein und so zogen die beiden Männer los. Langsam schlenderten sie die Straße entlang und Michele sah sich in Ruhe um. Schön habt ihr es hier, meinte er, denn, obwohl es sehr heiß und trocken war in diesem Sommer war die Erde noch nicht verbrannt und die Blätter der Bäume hatten ihr grün nicht verloren. Wahrscheinlich lag das Grundwasser nicht so tief, dass sie noch ausreichend Nahrung hatten. Bei ihm auf Sizilien war schon fast alles von der sengenden Sonne verbrannt.

Das Meer lag vor ihnen und sie spürten eine leichte Brise.

So schlenderten sie beide am Meer entlang bis sie zu dem kleinen Hafen kamen. Die beiden Männer arbeiteten wieder an ihrem Boot und ein freundliches guten Morgen ließ sie aufblicken. Sie waren froh über eine kurze Unterbrechung und so kamen sie vom Boot herunter um mit Pepino und Michele ein wenig zu plaudern. Dabei stellte sich heraus, dass die beiden auch von Sizilien kamen und sie hier anlegen mussten, weil der Motor auf einmal nicht mehr anspringen wollte. Sie beschlossen, das Boot hier an Ort und Stelle zu reparieren und gleichzeitig auch den neuen Anstrich zu machen.

Einer der Männer holte ein Päckchen Zigaretten aus seiner Hosentasche und bot auch Michele und Pepino eine an. Michele nahm dankend an und steckte sie sich hinter sein Ohr und da Pepino nicht unhöflich sein wollte, er war

Nichtraucher, nahm er die angebotene Zigarette und steckte sie sich ebenfalls hinter sein Ohr. Pepino meinte, er würde sie später rauchen. Eine ganze Weile sprachen die Vier noch miteinander bis Michele zum Aufbruch drängte, da bereits die Kirchenglocken läuteten und Lorenzos Frau sicherlich schon das Mittagessen gekocht hatte.

Die beiden gingen davon und machten sich auf den Heimweg.

Unterwegs sagte Michele plötzlich, gib mir deine Zigarette, es ist auch in deiner eine Botschaft für uns. Pepino war völlig erstaunt. damit hatte er nicht gerechnet; er musste noch sehr viel lernen.

Er fühlte sich irgendwie unbehaglich und hatte das Gefühl, als würden sie beobachtet werden. Worauf er sich eingelassen hatte wurde ihm langsam bewusst. Aber er ahnte nicht, was noch alles auf ihn zukommen sollte.

Die anderen waren bereits vor ihnen da und so gingen sie gleich ihre Hände waschen, um sich anschließend an den Tisch zu setzen, auf dem schon der Topf mit der Pasta dampfte. Allen schmeckte es gut, denn die Frau von Lorenzo war eine hervorragende Köchin. Zum Nachtisch gab viel es frisches Obst und alle waren satt und zufrieden.

Pepino trug seinen kleinen Bruder nach draußen und legte ihn auf die bunte Decke unter dem

Olivenbaum; der Kleine war sichtlich erschöpft und rollte sich auch gleich zur Seite. Der Arzt hatte seine Wunde versorgt und neu verbunden. Das ging leider nicht ohne Schmerzen ab und Luciano hatte bitterlich geweint. Schlaf würde ihm jetzt gut tun. Maria legte sich zu ihrem Kind. Lorenzos Frau wollte es so, denn hier sollte Maria sich nur um ihr Kind und um sich selber kümmern. Wichtig war, dass sie gesund wurden bevor sie wieder in ihr Haus auf dem Berg zogen. Außerdem war eine ihrer Töchter im Haus die ihr in der Küche helfen konnte. Sie musste heute Nachmittag nicht mehr arbeiten und so war alles in Ordnung. Auch die Männer hatten sich ein schattiges Plätzchen gesucht und genossen die Siesta.

c Syna Ester

124

Die Nacht brach herein und die klare Sichel des Mondes leuchtete am Abendhimmel. Stille lag über dem Dorf und nur das zirpen der Grillen war zu hören. Pepino war sichtlich nervös, denn er wollte unbedingt wissen, welche Botschaft sich in den Zigaretten befand die sie beide heute am Hafen von den Männern bekommen hatten. Aber er musste sich noch gedulden, denn der alte Lorenzo und Graziano waren auch noch vor dem Haus. Sie rauchten und unterhielten sich über das, was am Tag so passiert war. Eigentlich war nichts passiert, aber es war das allabendliche Ritual und so hatten sie schnell etwas gefunden, worüber sie sprechen konnten. Normalerweise hätten sich Pepino und Michele gerne an dem Gespräch beteiligt, aber heute Abend waren sie mit ihren Gedanken ganz woanders. Endlich wünschte Lorenzo ihnen eine gute Nacht und verschwand mit seinem Sohn im Haus.

Nun war der Moment gekommen und sie konnten die Zigaretten vorsichtig auseinander machen. Es war nur vorn ein wenig Tabak und als sie das Papier aufrollten, stand dort etwas geschrieben. Michele las es und zeigte es dann Pepino. Sie mussten also warten. So lange der Mond wie ein helles Licht auf den Ort schien, so lange konnte nichts geschehen. Das war klar und sie mussten nun abwarten bis das Wetter sich änderte und Wolken am nächtlichen Himmel erscheinen. Dann sollten sie neue Instruktionen bekommen. Also konnten sie vorerst beruhigt schlafen gehen.

Es war die Ruhe vor dem Sturm und Michele verbrannte das Zigarettenpapier.

Das Leben ging seinen Gang und nach einer Woche konnte Pepinos Familie wieder auf den Berg in ihr Haus. Sein Vater und Liciano wurden von Salvatore mit dem Auto hoch gefahren. Er konnte jetzt zwar schon einigermaßen mit den Krücken laufen, aber den Weg und den Berg hoch, das schaffte er nicht und für den Kleinen war es auch besser gefahren zu werden.

Maria ging in die Küche und holte erst einmal ein Glas Wasser für Luciano, er hatte während der Fahrt im Auto sehr geschwitzt und war sicherlich durstig. Dann kochte sie für alle Kaffee und schnitt den Kuchen an, den die Frau von Lorenzo ihr mitgegeben hatte.

Nichts im Haus deutete mehr darauf hin, was hier schlimmes passiert war vor einer Woche. Eine der Nachbarinnen hatte sich während ihrer Abwesenheit um das Haus und den kleinen Gemüsegarten gekümmert und aufgeräumt, da Zia Franca sich um die drei anderen Kinder kümmerte und nicht noch zusätzlich sich um Haus und Hof kümmern konnte.

Zia Franca wollte die Kinder nach dem Essen bringen. Heute durften sie die zwei Stunden am Nachmittag in der Schule ausfallen lassen; sie freuten sich schon sehr auf zu Hause und auf die ganze Familie. Die Wahrheit hatte ihnen die Zia nicht gesagt, nur, dass die anderen krank waren und der Vater sich ein Bein gebrochen hatte. Das war auch gut so, denn Luciano würde bestimmt etwas sagen und dann war es noch Zeit genug die Fragen der Kinder zu beantworten. Jetzt kamen sie erst einmal sorglos heim.

Alle freuten sich auf die Kinder, denn erst, wenn sie auch wieder im Haus sind, ist die Familie komplett....oder doch nicht, der älteste Bruder fehlte; er war in der Fremde.

Nachdem Salvatore seinen Kaffee getrunken und ein Stück von dem Kuchen gegessen hatte verabschiedete er sich von allen; er musste zurück zu seiner schwangeren Frau die nun kurz vor der Niederkunft war. Aber ohne ein Geschenk in Form eines riesigen Kürbis aus dem Garten ließ Maria ihn nicht wegfahren; alle bedankten sich noch einmal und umarmten ihn. Ja, Salvatore war ein sehr guter, hilfsbereiter Freund; alle wussten das zu schätzen.

Liebe Grüße an deine Frau sagten sie zu ihm und wenn es soweit ist, benachrichtige uns damit wir helfen können.

Ein winken noch zum Abschied und mit lautem Hupen fuhr Salvatore den Berg hinunter.

Von weitem sahen sie schon die Nachbarin kommen, die Maria beim kochen helfen wollte, damit es nicht gleich zu viel für sie wird. Sie hatte ihren Mann im Schlepptau, denn heute würden sie alle zusammen bei Maria im Haus essen. Damit war dann allen geholfen und sie musste nicht auch noch in ihrem Haus Essen kochen. Außerdem konnten sich die Männer in der Zwischenzeit austauschen.

So hatte alles seine Ordnung und es war fast so, als wäre nichts gewesen.

Am Nachmittag kam Zia Franca mit den drei Kindern .

Das Leben ging weiter.

Zwei Wochen waren nun schon vergangen und noch immer brannte die Sonne erbarmungslos vom Himmel. Keine Wolke war zu sehen und die Luft war beklemmend. Pepino und Michele, die sich auf der Piazza getroffen hatten, schauten zum Himmel. Ihre Nerven waren gespannt wie

Drahtseile und sie hofften, dass sich das Wetter mit zunehmenden Mond bald ändern wird.

Lange konnte es nicht mehr dauern., da waren sie sich sicher. Das Boot hatte am Hafen abgelegt, aber vor zwei Tagen ging dort ein anderes Boot vor Anker. Von weitem hatten sie es ankommen gesehen. Aber sie hielten es für besser, erst einmal auf Distanz zu bleiben. Noch könnte ja sowieso nichts unternommen werden. Wenn es ihre Leute waren, würden sie schon eine Möglichkeit finden, mit ihnen in Kontakt zu treten. Ein wenig unterhielten sie sich noch mit den anderen Männern die auf der piazza waren und kurz darauf verabschiedete sich Pepino und machte sich auf den Weg nach Hause. Er war froh, als er dort ankam und endlich nicht mehr der prallen Sonne ausgesetzt war. Sein Vater saß vor dem Haus unter dem Baum und las in der Zeitung; uralt war sie bereits, aber es gab keine anderen Informationsmöglichkeiten um etwas von der Welt da draußen zu erfahren. Ein Radio besaßen sie nicht. Maria kam mit einem Glas Wasser raus und gab es Pepino; sie hatte seine Stimme gehört und wusste, dass er nach dem Weg bergauf in glühender Sonne durstig war. Dann verschwand sie wieder in der Küche um sich um das Essen zu kümmern. Pepino setzte sich zu seinem Vater und nahm sich auch einen

Teil der Zeitung. Meinst du, dass du wieder Arbeit finden wirst, fragtee sein Vater auf einmal ohne, dass er von der Zeitung aufblickte. Ich wünsche es mir, aber Hoffnung habe ich nicht antwortete Pepino. Wo sollte es auch Arbeit für ihn geben hier im Dorf. Zu dem Baron in die Olivenplantagen konnte er nicht zurück und das wollte er auch nicht. Der Baron war sein Feind; heute noch mehr, als jemals zuvor. Er musste wohl auch in die Fremde gehen wie sein älterer Bruder. Der war mittlerweile schon Jahre fort. Ab und an schickte er etwas Geld oder ein Paket mit Dingen, die sie dringend benötigten, aber für eine Heimfahrt reichte sein Verdienst nicht. Wie es ihm wohl geht? Lange schon kam keine Post mehr von ihm. Pepino vermisste seinen Bruder. Hatte dieser ihn doch überall mit hin genommen wenn er raus ging. Er hatte ihm das Schwimmen beigebracht und ihm bei den Schularbeiten geholfen. Auch hatte er immer ein offenes Ohr für die kleinen Sorgen und Nöte seines kleinen Bruders. Lange ist es her, dachte Pepino bei sich. Als ob sein Vater seine Gedanken erraten hatte, sagte dieser auf einmal, wie es wohl deinem Bruder geht, dort draußen in der Fremde; er ist schon zu lange weg und eine Nachricht von ihm kommt auch nicht. Gerade eben habe ich auch an ihn gedacht antwortete Pepino. Sein Vater nickte nur und las weiter in der Zeitung. Pepino hing seinen Gedanken nach und legte die Zeitung beiseite.

Die Kinder kamen aus der Schule und Pepino half seinem Vater beim aufstehen damit er in das Haus gehen konnte.Es wurde zu Mittag gegessen und danach machten alle eine kleine Siesta.

Die Tage vergingen.....

Donnerstag, der Himmel verfinsterte sich und ein mächtiger Sturm brach über das Dorf herein. Die ersten Regentropfen fielen und die Menschen suchten schleunigst Schutz in ihren Häusern. Zum Glück war es abends und die Kinder waren alle daheim und schliefen bereits. Endlich etwas Abkühlung meinte Maria zu Pepino und ihrem Mann. Die letzten Wochen waren unerträglich heiß und jeder sehnte sich nach etwas Frische. Das laute rauschen des Meeres klang bedrohlich zu ihnen herüber. Jetzt zuckten auch schon die ersten Blitze und ein ein fernes grollen kündigte ein Gewitter an. Unheimlich war es und Maria fürchtete sich, während ihr Mann und ihr Sohn sich über ihre Sorge lustig machten. Sie kannten es schon und nahmen es nicht mehr ernst. Doch, Maria war nicht zum scherzen zumute, die angst steckte tief in ihren Knochen. Sie fürchtete diese

Nächte, denn es sind die Nächte, in denen die Werwölfe ihr Unwesen trieben. Sie kratzen an allen Türen und am nächsten Morgen konnte man deutlich die Kratzspuren erkennen. So ein Erlebnis gab es in ihrer Kindheit und seitdem fürchtete sie sich vor Gewitter. Natürlich gab und gibt es keine Werwölfe, wer aber mit dem Aberglauben aufwächst, der lebt mit ihm. Da war sie nicht der einzige Mensch in diesem Dorf. Der Regen wurde stärker und die Brandung des Meeres lauter. Blitz und Donner schienen nun fast gleichzeitig zu kommen ; das Gewitter tobte genau über ihnen.

Maria hatte sich im Bett bei ihren Kindern verkrochen und die Decke fest über den Kopf gezogen.

Vater und Sohn saßen noch am Küchentisch, als auf einmal, für einen kurzen Moment, das Licht einer Taschenlampe in das Fenster schien.

Pepino sah seinen Vater erstaunt an, doch dieser sagte nur, öffne die Tür, aber leise. Pepino öffnete die Tür und dann erkannte er Michele, der sich schnell an ihm vorbei in die Küche schob. Nun war es also soweit, dachte Pepino. Flüsternd sagte Michele zu Pepino das es heute Nacht getan wird; die anderen sind bereit und bei diesem Wetter wird uns niemand hören. Der Regen wird unsere Spuren verwischen und so können wir die Sache erledigen, ohne Gefahr zu laufen, das wir entdeckt werden. Pepino zog sich schnell seine schwarze Hose und ein schwarzes Hemd an.

Vater, wollte Pepino gerade loslegen, aber sein Vater sagte nur, geh' Michele weiß was zu tun ist. Sein Vater hatte nämlich Michele erkannt, da dieser seinem Vater und Großvater wie aus dem Gesicht geschnitten war; er kannte die traurige Familiengeschichte von Michele. Als er unten bei Lorenzo im Haus war und Michele das erste Mal sah, fiel es ihm wie Schuppen von den Augen, aber er sagte nichts.

Es ist besser zu schweigen......

Er umarmte seine Sohn und Michele bevor sie in der Nacht verschwanden. Möge die Madonna an eurer Seite sein und euch beschützen murmelte er noch, aber das hörten die beiden schon nicht mehr, die Nacht hatte sie bereits verschluckt. Leise schlichen sie durch die Nacht und Pepino blieb dicht auf Micheles Fersen. Nach ungefähr einer halben Stunde hielt Michele an und sagte leise an Pepinos Ohr, halte dich an meiner Jacke fest, wir müssen hier hinein. Pepino tat, wie ihm geheißen und ließ seine Jacke nicht los. Auf einmal befanden sie sich in einer Höhle in der nur eine kleine Kerze brannte, zu erkennen war weiter nichts. Aus der Dunkelheit sagte eine Stimme, setzt euch und hört gut zu.

Wir haben alles geplant und diese Nacht ist perfekt für unser Vorhaben. Ich sage euch nur, was ihr zu tun habt, alles andere erledigen wir.

Rechts von dir, Michele, befinden sich zwei Waffen mit Schalldämpfer in dem Tuch, die sind für euch. Nimm sie jetzt und gib Pepino auch eine. Mit Waffen konnten sie alle umgehen, denn schließlich waren sie alle einmal beim Militär gewesen. Pepino nahm seine Waffe und steckte sie ein.

Geht jetzt und wartet oben in in euerem Versteck auf das vereinbarte Zeichen.

Michele und Pepino gingen in die Nacht. Das Versteck, zu dem sie sollten, kannte Pepino. Er hatte es zufällig einmal entdeckt.

Oben angekommen, verharrten sie dort stumm in der Dunkelheit.

Eine Stunde war bereits vergangen, aber immer noch gab es kein Zeichen. Sie waren naß bis auf die Haut und ihre Nerven lagen blank.

Endlich, da war es, das Zeichen. Zwei kurze helle Lichtblitze. Sie warteten weitere 5 Minuten und dann ertönte der Ruf des Käuzchens.

In sekundenschnelle waren sie auf den Füßen und gingen den Berg hinauf bis ganz nach oben wo das prächtige Haus des Barons stand. Hier kannte sich Pepino gut aus; war er doch schon einmal hier herauf geschlichen.

Wo waren die Aufpasser des Barons?

Er folgte Michele weiter zum Haus. Ihre Waffen hatten sie durchgeladen und schußbereit in der Hand. Jeder von ihnen wußte, was nun zu tun war. Pepino bekam auf einmal Herzrasen, aber er schob die Gedanken, die in ihm aufgekommen waren, schnell beiseite. Was zu tun war, musste getan werden, ansonsten gibt es niemals Frieden im Dorf.

Leise machte Michele die Tür zum Haus auf und sie schlichen in das obere Stockwerk, Dort hatte der Baron sein Schlafzimmer. Seine Tochter schlief im Zimmer gegenüber, dort, wo Michele drauf zu ging.

Pepino öffnete vorsichtig die Schlafzimmertür und sah den Baron mit seiner Frau friedlich schlafend im Bett.

In diesem Moment erwachte sein ganzer Hass auf diese Familie und auf das, was sie seit jahrzehnten den Dorfbewohnern angetan hatte. Er sah wieder das Bild, als die Häscher des Barons seinen kleinen Bruder an die Wand schleuderten und dieser besinnungslos liegen blieb. Er sah vor seinen Augen die Brutalität gegenüber seiner Mutter und seinem Vater; von seiner eigenen Pein ganz abgesehen, als er nicht helfen konnte.

Eine eisige Kälte umschloß sein Herz als er die Pistole auf den Baron richtete und ihn im Schlaf tötete. Gleich darauf hielt er der Frau des Barons die Pistole an die Schläfe.

Beide Male machte es nur kurz plopp; weiter war nichts zu hören.

Komm, sagte Michele, wir müssen schnellstens von hier verschwinden.

So schnell sie konnten rannten sie auf dem schlammigen Boden davon. Sie rutschten mehr, als das sie liefen. Aber so würde jedenfalls niemand auch nur eine Spur von ihnen am nächsten Tag entdecken. Es regnete und Blitze immer noch und der Donnerschlag direkt über ihnen war, als wollte er sie für ihre Taten verfluchen.

Sie liefen zum Hafen wo ein Boot schon auf sie wartete. Trotz des schweren Wellengang legten sie sofort an. Auf dem Boot befanden sich noch andere Männer, die Pepino noch nie zuvor gesehen hatte. Sie rauchten und schwiegen.

Michele brach das Schweigen und flüsterte Pepino zu; hier bei der -FAMILIE- bist du in Sicherheit. Aber sie werden mich zu Hause vermissen und sich große Sorgen um mich machen meinte Pepino.

Wir haben für alles vorgesorgt.

Ich habe das Gerücht verbreitet, dass du zu deinem Bruder in die Fremde gehst, da du hier keine Arbeit mehr hast und es auch keine Arbeit für dich gibt. Sie wissen, dass du gestern Abend den Zug genommen hast und heute schon bei deinem Bruder angekommen bist.

Die Einzigen, die die Wahrheit kennen, sind der alte Lorenzo und dein Vater.

Beide haben von der -FAMILIE- genug Geld bekommen, dass sie die eigene Familie immer satt bekommen und die Kinder weiter zur Schule gehen können.

Pepino war einerseits mehr als erleichtert, aber andererseits hieß es für ihn, von nun an auf der Insel zu leben; im Schutz der -FAMILIE-.

Das Boot hatte sein Ziel erreicht und alle waren froh darüber endlich wieder festen Boden unter den Füßen zu haben. Sie verteilten sich ohne ein Wort zu sagen und Pepino ging neben Michele her. Sie kamen zu einem großen Haus vor dem zwei Männer standen. Michele ging zu ihnen, sagte etwas und die Männer öffneten das Tor. Michele winkte Pepino zu kommen. Beide gingen nebeneinder her zum Haus. So, meinte Michele nun zu Pepino, hier im Haus bist du sicher, geh' hinein und du wirst verstehen. Ich muss jetzt gehen, denn meine Arbeit ist beendet. Er verschwand in der Nacht......

Pepino öffnete die Haustür und ging hinein.
Ein Mann kam mit offenen Armen auf ihn zu. Wer war er?
Aber dann erkannte Pepino ihn; es war sein älterer Bruder den er seit Jahren nicht gesehen hatte. Tränen der Freude liefen beiden über das Gesicht als sie sich umarmten.
Was hat das zu bedeuten fragte Pepino und sein Bruder antwortete, ich bin seit zwei Jahren hier, aber ich durfte mich nicht bei euch melden oder in das Dorf kommen; es hätte diesen Plan von heute Nacht zunichte gemacht. Er wurde von langer Hand vorbereitet. Du weißt doch, eine -FAMILIE- gegen die andere -FAMILIE- das geht nicht, es würde im Blutrausch enden und das wollte keiner von uns; denn auch ich gehöre der falschen -FAMILIE- an. Aber es ging nicht anders. In der Fremde bekam ich Kontakt zu jemandem, der mich hierher mitnahm.
Nun sind wir beide hier und müssen erst einmal hier leben. Zusammen schaffen wir das. Für unsere Eltern und Geschwister ist gesorgt und du bist ja nun auch in der Fremde bei mir; er lachte. Ab und an wird ein Brief, etwas Geld an

die Eltern geschickt von irgendeiner Adresse aus der Fremde. Es läuft alles weiter wie bisher und in wenigen Jahren können wir wieder nach Hause. Wenn alles glatt geht....

Die Spatzen pfiffen es bereits von den Dächern, bevor es in der Zeitung stand oder im Radio durchgegeben wurde.
Unter den Mitgliedern der calabrischen Mafia, der -Ndrangheta- wurde letzte Nacht ein Blutbad angerichtet und sie schworen fürchterliche Rache!
Angst ergriff Pepino als er davon hörte und es in der Zeitung las, doch sein Bruder beruhigte ihn.Es gibt keinerlei Spuren, ja, nicht einmal das Boot hatte jemand gesehen, da es erst in der Nacht dort ankam und alle wegen des Unwetters in ihren Häusern waren. Komm, iß mit mir und trink einen Kaffee.

Im Dorf kehrte nach einer ganzen Weile Ruhe ein und dennoch mussten die Brüder noch vier Jahre auf der Insel verbringen bevor sie das Festland und ihr Dorf wieder betreten konnten.
Sie kamen aus der Fremde zurück und zum Glück lebten alle, die sie liebten, noch.
Die Brüder schauten sich nach einer Frau um, bekamen Kinder und später Enkelkinder.......

Der ältere Bruder hatte diese Erde schon vor einigen Jahren verlassen und nun war er dran, Pepino.

Unter Tränen schaute Nina hinüber zu ihrem Großvater......

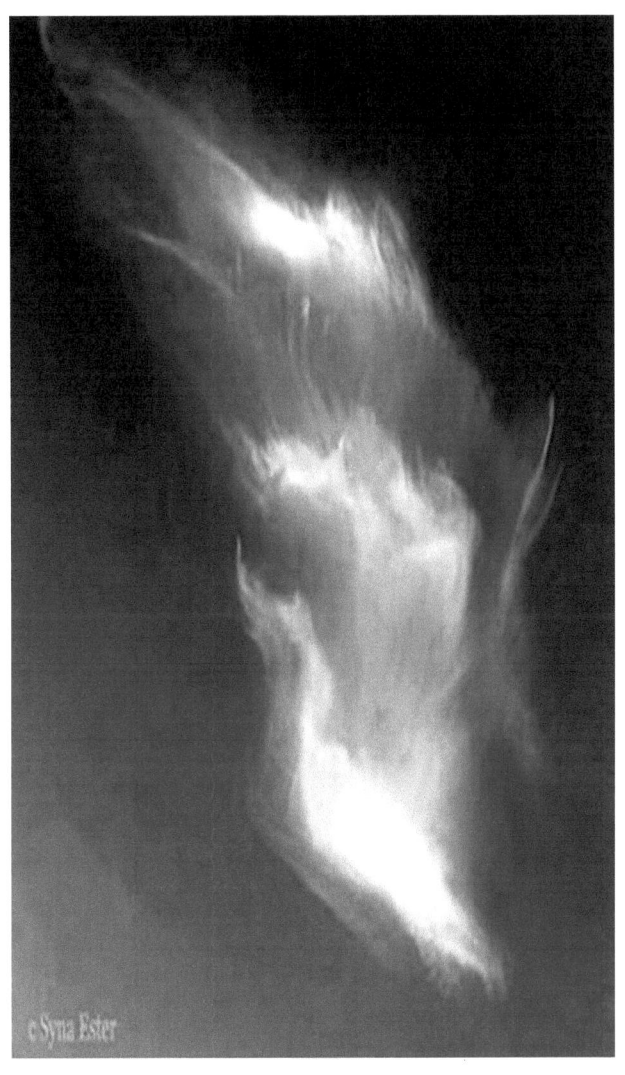

Weitere Bücher:
Autor: Syna Ester

Olivenbäume weinen nicht…
und doch sah ich ihre Tränen
ISBN: 978-3-83-706743-9

Einen Krebs darf man nicht lieben…
und doch ist es passiert
ISBN: 978-3-83-705581-8

Warten auf Antonio…
ohne ihn wurde ihr Leben sinnlos
ISBN: 978-3-83-705674-7

Kinderbuch
Erstlesealter
Ich bin SKUNKI Dein neuer Freund…
ein kleines Stinktier erobert die Herzen
der Menschen
ISBN: 978-3-83-706759-0

POESIE
Poesie…… und Gedanken
ISBN: 978-3-74-488741-0